रामचर्चा

अनबाउंड स्क्रिप्ट

रामचर्चा - मुंशी प्रेमचंद

प्रथम संस्करण : अप्रैल, 2024

ISBN : 978-81-19745-29-6

प्रकाशक : **अनबाउंड स्क्रिप्ट**
2/41, अंसारी रोड, दरियागंज दिल्ली - 110002
वेबसाइट : www.unboundscript.com
ई-मेल : books@unboundscript.com
फोन नं. : 011-35807601

RAMCHARCHA
by Munshi Premchand

मुद्रक : विकास कंप्यूटर एंड प्रिंटर्स
लोनी गाज़ियाबाद, उत्तर प्रदेश

मूल्य : ₹ 249/-

रामचर्चा

मुंशी प्रेमचंद

अनबाउंड स्क्रिप्ट

अनुक्रम

अध्याय-1

जन्म

प्यारे बच्चों! तुमने विजयदशमी का मेला तो देखा ही होगा। कहीं-कहीं इसे रामलीला का मेला भी कहते हैं। इस मेले में तुमने मिट्टी या पीतल के बन्दरों और भालुओं के से चेहरे लगाये आदमी देखे होंगे। राम, लक्ष्मण और सीता को सिंहासन पर बैठे देखा होगा और इनके सिंहासन के सामने कुछ फासले पर कागज और बाँसों का बड़ा पुतला देखा होगा। इस पुतले के दस सिर और बीस हाथ देखे होंगे। वह रावण का पुतला है। हजारों बरस हुए, राजा रामचन्द्र ने लंका में जाकर रावण को मारा था। उसी कौमी फतह की यादगार में विजयदशमी का मेला होता है और हर साल रावण का पुतला जलाया जाता है। आज हम तुम्हें उन्हीं राजा रामचन्द्र की जिंदगी के दिलचस्प हालात सुनाते हैं।

गंगा की उन सहायक नदियों में, जो उत्तर से आकर मिलती हैं, एक सरजू नदी भी है। इसी नदी पर अयोध्या का मशहूर कस्बा आबाद है। हिन्दू लोग आज भी वहाँ तीर्थ करने जाते हैं। आजकल तो अयोध्या एक छोटा-सा कस्बा है मगर कई हजार साल हुए, वह हिन्दुस्तान का सबसे बड़ा शहर था। वह सूर्यवंशी खानदान के नामीगिरामी राजाओं की राजधानी थी। हरिश्चन्द्र

जैसे दानी, रघु जैसे ग़रीब परवर, भगीरथ जैसे वीर राजा इसी सूर्यवंश में हुए। राजा दशरथ इसी प्रसिद्ध वंश के राजा थे। रामचन्द्र राजा दशरथ के बेटे थे।

उस जमाने में अयोध्या नगरी विद्या और कला का केन्द्र थी। दूर-दूर के व्यापारी रोजगार करने आते थे और वहाँ की बनी हुई चीजें खरीदकर ले जाते थे। शहर में विशाल सड़कें थीं। सड़कों पर हमेशा छिड़काव होता था। दोनों ओर आलीशान महल खड़े थे। हर किस्म की सवारियाँ सड़कों पर दौड़ा करती थीं। अदालतें, मदरसे, औषधालय सब मौजूद थे। यहाँ तक कि नाटकघर भी बने हुए थे जहाँ शहर के लोग तमाशा देखने जाते थे। इससे मालूम होता है कि पुराने जमाने में भी इस देश में नाटकों का रिवाज़ था। शहर के आसपास बड़े-बड़े बाग थे। इन बागों में किसी को फल तोड़ने की मुमानियत न थी। शहर की हिफाज़त के लिए मजबूत चहारदीवारी बनी हुई थी। अंदर एक किला भी था। किले के चारों ओर गहरी खाई खोदी गयी थी जिसमें हमेशा पानी लबालब भरा रहता था। किले के बुर्जों पर तोपें लगी रहती थीं। शिक्षा इतनी प्रचलित थी कि कोई जाहिल आदमी ढूँढने से भी न मिलता था। लोग अतिथि का सत्कार करने वाले, ईमानदार, शांतिप्रेमी, विद्याभ्यासी, धर्म के पाबन्द और दिल के साफ थे। अदालतों में आजकल की तरह झूठे मुकदमे दायर नहीं किये जाते थे। हर घर में गायें पाली जाती थीं। घी-दूध की इफरात थी। खेतों में अनाज इतना पैदा होता था कि कोई भूखा न रहने पाता था। किसान खुशहाल थे। उनसे लगान बहुत कम लिया जाता था। डाके और चोरी की वारदातें सुनाई भी न देती थीं। और ताऊन, हैजा वगैरा बीमारियों का नाम तक न था। वह सब राजा दशरथ की बरकत थी।

एक रोज राजा दशरथ शिकार खेलने गये और घोड़ा दौड़ाते हुए एक नदी के किनारे जा पहुँचे। नदी दरख्तों की आड़ में थी। वहीं जंगल में अन्धक मुनि नामक एक अन्धा रहता था। उसकी स्त्री भी अंधी थी। उस वक्त उनका नौजवान बेटा श्रवण नदी में पानी भरने गया हुआ था। उसके कलशे के पानी में डूबने की आवाज सुनकर राजा ने समझा कि कोई जंगली हाथी नहा रहा है। तुरंत शब्दवेधी बाण चला दिया। तीर नौजवान के सीने में लगा। तीर का लगना था कि वह जोर से चिल्लाकर गिर पड़ा। राजा घबराकर वहाँ गये तो देखा कि एक नौजवान पड़ा तड़प रहा है। उन्हें अपनी भूल मालूम हुई। बेहद अफसोस हुआ। नौजवान ने उनको लज्जित और दुःखित देखकर समझाया-अब रंज करने से क्या फायदा! मेरी मौत शायद इसी तरह लिखी थी। मेरे माँ-बाप दोनों अंधे हैं। उनकी कुटी वह सामने नज़र आ रही है। मेरी लाश उनके पास पहुँचा देना। यह कहकर वह मर गया।

राजा ने नौजवान की लाश को कन्धे पर रखा और अंधे के पास जाकर यह दुःखद समाचार सुनाया। बेचारे दोनों बुड्ढे, तिस पर दोनों आँखों के अंधे, और यही इकलौता बेटा उनकी जिंदगी का सहारा था-इसके मरने का समाचार सुनकर फूटकर रोने लगे। जब आँसू जरा थमे तो उन्हें राजा पर गुस्सा आया। उनको खूब जी भरकर कोसा और यह शाप देकर कि जिस तरह बेटे के शोक में हमारी जान निकल रही है उसी तरह तुम भी बेटे ही के शोक में मरोगे, दोनों मर गये। राजा दशरथ भी रो-धोकर यहाँ से विदा हुए।

राजा दशरथ के अब तक कोई संतान न थी। संतान ही के लिए उन्होंने तीन शादियाँ की थीं। बड़ी रानी का नाम कौशल्या था, मँझली रानी का सुमित्रा और छोटी रानी का कैकेयी। तीनों रानियाँ भी संतान के लिए तरसती रहती थीं। अंधे का शाप राजा के लिये वरदान हो गया। चाहे बेटे के शोक

में मरना ही पड़े, बेटे का मुँह तो देखेंगे। ताज और तख्त का वारिस तो पैदा होगा। इस ख्याल से राजा को बड़ी तसकीन हुई। इसके कुछ ही दिन बाद अपने गुरु वशिष्ठ के मशविरे से राजा ने एक यज्ञ किया। इसमें बहुत से ऋषि-मुनि जमा हुए और सबने राजा को आशीर्वाद दिया। यज्ञ के पूरे होते ही तीनों ही रानियाँ गर्भवती हुईं और नियत समय के बाद तीनों रानियों के चार राजकुमार पैदा हुए। कौशल्या से रामचन्द्र हुए, सुमित्रा से लक्ष्मण और शत्रुघ्न एवं कैकेयी से भरत। सारे राज में मंगलगीत गाये जाने लगे। प्रजा ने खूब उत्सव मनाया। राजा ने इतना सोना-चाँदी दान किया कि राज में कोई निर्धन न रह गया। उनकी दिली कामना पूर्ण हुई। कहाँ एक बेटे का मुँह देखने को तरसते थे, कहाँ चार-चार बेटे हो गये। घर गुलजार हो गया। ज्योतिहीन आँखें रोशन हो गयीं।

चारों लड़कों का लालन-पालन होने लगा। जब वह जरा सयाने हुए तो गुरु वशिष्ठ ने उन्हें शिक्षा देना शुरू किया। चारों लड़के बहुत ही जहीन थे, थोड़े ही दिनों में वेदशास्त्र सब खत्म कर लिये और रणविद्या में भी खूब होशियार हो गये। धनुर्विद्या में, भाला चलाने में, कुश्ती में, किसी फन में इनका समान न था। मगर उनमें घमण्ड नाम को भी न था। चारों बुजुर्गों का अदब करते थे। छोटों को भी वह सख्तसुस्त न कहते। उनमें आपस में बड़ी गहरी मुहब्बत थी। एक दूसरे के लिए जान देते थे। चारों ही सुन्दर, स्वस्थ और सुशील थे। उन्हें देखकर सबके मुँह से आशीर्वाद निकलता था। सब कहते थे, यह लड़के खानदान का नाम रोशन करेंगे। यों तो चारों में एक-सी मुहब्बत थी मगर लक्ष्मण को रामचन्द्र से, शत्रुघ्न को भरत से खास प्रेम था। राजा दशरथ मारे खुशी के फूले न समाते थे।

ताड़का और मारीच का वध

एक दिन राजा दशरथ दरबार में बैठे हुए मन्त्रियों से कुछ बातचीत कर रहे थे कि ऋषि विश्वामित्र पधारे। विश्वामित्र उस समय के बहुत बड़े तपस्वी थे। वह क्षत्रिय होकर भी केवल अपनी आराधना के बल से ब्रह्मर्षि के पद पर पहुँच गये थे। सभी ऋषि उनके सामने आदर से सिर झुकाते थे। मगर ज्ञानी होने पर भी वह किसी हद तक क्रोधी थे। किसी ने उनकी मर्जी के खिलाफ काम किया और उन्होंने शाप दिया। इससे सभी राजे-महाराजे उनसे डरते थे क्योंकि उनके शाप को कोई रद्द न कर सकता था। लड़ाई की विद्या में भी वह अद्वितीय थे। राजा दशरथ ने सिंहासन से उतर कर उनका स्वागत किया और उन्हें अपने सिंहासन पर बिठाकर बोले-आज इस गरीब के घर को अपने चरणों से पवित्र करके आपने मुझ पर बड़ा एहसान किया। मेरे योग्य कोई सेवा हो तो बताइये; वह सर आँखों पर बजा लाऊँ।

विश्वामित्र ने आशीर्वाद देकर कहा– महाराज! हम तपस्वियों को राजदरबार की याद उसी समय आती है जब हमें कोई तकलीफ होती है या जब हमारे ऊपर कोई अत्याचार करता है। मैं आजकल एक यज्ञ कर रहा हूँ किन्तु राक्षस लोग उसे अपवित्र करने की कोशिश करते हैं। वह यज्ञ की वेदी पर रक्त और हड्डियाँ फेंकते हैं। मारीच और सुबाहु दो बड़े ही विद्रोही राक्षस हैं। यह सारा फिसाद उन्हीं लोगों का है। मुझमें अपनी तपस्या का इतना बल है कि चाहूँ तो एक शाप देकर उनकी सारी सेना को जलाकर राख कर दूँ; पर यज्ञ करते समय क्रोध को रोकना पड़ता है। इसलिए मैं आपके पास फरियाद लेकर आया हूँ। आप राजकुमार रामचन्द्र और लक्ष्मण को मेरे साथ भेज दीजिये जिससे वह मेरे यज्ञ की रक्षा करें और उन राक्षसों को शिथिल कर दें। दस दिन में हमारा यज्ञ पूरा हो जायेगा। राम के सिवा और किसी से यह काम न होगा।

राजा दशरथ बड़ी मुश्किल में पड़ गये। राम का वियोग उन्हें एक क्षण के लिये सह्य न था। यह भय भी हुआ कि लड़के अभी अनुभवी नहीं हैं, डरावने राक्षसों से भला क्या मुकाबला कर सकेंगे। डरते हुए बोले-हे पवित्र ऋषि! आपकी आज्ञा शिरोधार्य है किन्तु इन अल्पवयस्क लड़कों को राक्षसों के मुकाबले में भेजते हुए मुझे भय होता है। उन्हें अभी तक युद्धक्षेत्र का अनुभव नहीं है। मैं स्वयं अपनी सारी सेना लेकर आपके यज्ञ की रक्षा करने चलूँगा। लड़कों को साथ भेजने के लिए मुझे विवश न कीजिये।

विश्वामित्र हँसकर बोले– महाराज! आप इन लड़कों को अभी नहीं जानते। इनमें शेरों की-सी हिम्मत और ताकत है। मुझे पूरा विश्वास है कि ये राक्षसों को मार डालेंगे। इनकी तरफ से आप निडर रहिये। इनका बाल भी बाँका न होगा।

राजा दशरथ फिर कुछ आपत्ति करना चाहते थे मगर गुरु वशिष्ठ के समझाने पर राजी हो गये और दोनों राजकुमारों को बुलाकर ऋषि विश्वामित्र के साथ जाने का आदेश दिया। रामचन्द्र और लक्ष्मण यह आज्ञा पाकर दिल में बहुत खुश हुये। अपनी वीरता को दिखाने का ऐसा अच्छा अवसर इन्हें पहले न मिला था। दोनों ने युद्ध में जाने के कपड़े पहने, हथियार सजाये और अपनी माताओं से आशीर्वाद लेने के बाद राजा दशरथ के चरणों पर गिरकर खुशी-खुशी बिदा हुए। विश्वामित्र ने दोनों भाइयों को एक ऐसा मन्त्र बताया जिसको पाने से थकावट पास नहीं आती। बहुत से नये-नये अद्भुत हथियारों का उपयोग करना सिखाया जिनके मुकाबले में कोई ठहर न सकता था।

कई दिन के बाद तीनों आदमी गंगा को पार करके घने जंगल में जा पहुँचे। विश्वामित्र ने कहा-बेटा! इस जंगल में ताड़का नाम की दानवी रहती है। वह इस रास्ते से गुजरने वाले आदमी को पकड़कर खा डालती है। पहले

यहाँ एक अच्छा नगर बसा हुआ था पर इस दावनी ने सारे आदमियों को खा डाला। अब वही बसा हुआ नगर घना जंगल है। कोई आदमी भूलकर भी इधर नहीं आता। हम लोगों की आहट पाकर वह दानवी आती होगी। तुम तुरन्त उसे तीर से मार डालना।

विश्वामित्र अभी यह वाकया बयान कर ही रहे थे कि हवा में जोर की सनसनाहट हुई और ताड़का मुँह खोले दौड़ती हुई आती दिखायी दी। उसकी सूरत इतनी डरावनी और डील इतना बड़ा था कि कोई कम साहसी आदमी होता तो मारे डर के गिर पड़ता। उसने इन तीनों आदमियों के सामने आकर गरजना और पत्थर फेंकना शुरू किया। विश्वामित्र ने रामचन्द्र को तीर चलाने का इशारा किया। रामचन्द्र एक औरत पर हथियार चलाना नियम के विरुद्ध समझते थे। ताड़का दानवी थी तो क्या, थी तो औरत। मगर ऋषि का संकेत पाकर उन्हें क्या आपत्ति हो सकती थी। ऐसा तीर चलाया कि वह ताड़का की छाती में चुभ गया। ताड़का जोर से चीखकर गिर पड़ी और एक क्षण में तड़प-तड़प कर मर गयी।

तीनों आदमी फिर आगे चले और कई दिनों बाद विश्वामित्र के आश्रम में पहुँच गये। था तो यह भी जंगल पर इसमें अधिकतर ऋषि लोग रहा करते थे। शेर, नीलगाय, हिरन निडर घूमा करते थे। इस तपोभूमि के प्रभाव से शिकार खेलने वाले भी शिकार की तरफ प्रवृत्त न होते थे।

दुसरे दिन से विश्वामित्र ने यज्ञ करना शुरू किया। राम और लक्ष्मण कमर में तलवार लटकाये, धनुष और बाण हाथ में लिये जंगल के चारों ओर गश्त लगाने लगे। न खाने-पीने की फिक्र थी, न सोने-लेटने की। रात-दिन बिना सोये और बिना खाये पहरा देते थे। इस प्रकार पाँच दिन कुशल से बीत गये। मगर छठे दिन क्या देखते हैं कि मारीच और सुबाहु राक्षसों की सेना लिये

यज्ञ को अपवित्र करने चले आ रहे हैं। दोनों भाई तुरन्त सँभल गये। ज्यों ही मारीच सामने आया, रामचन्द्र ने ऐसा तीर मारा कि वह बड़ी दूर जाकर गिर पड़ा। सुबाहु बाकी था। उसे भी एक अग्निबाण में ठंडा कर दिया। फिर तो राक्षसी सेना के पैर उखड़ गये। दोनों भाइयों ने दूर तक उनका पीछा किया और कितनों ही को मार डाला। इस प्रकार यज्ञ सुन्दर रीति से पूरा हो गया। किसी प्रकार की रुकावट न हुई। विश्वामित्र ने दोनों भाइयों की खूब प्रशंसा की।

विवाह

राम और लक्ष्मण अभी विश्वामित्र के आश्रम में ही थे कि मिथिला के राजा जनक ने विश्वामित्र को अपनी लड़की सीता के स्वयंवर में सम्मिलित होने के लिए न्योता भेजा। उस समय में प्रायः विवाह स्वयंवर की रीति से होते थे, लड़की का पिता एक उत्सव करता था जिसमें दूर-दूर से आकर लोग सम्मिलित होते थे। उत्सव में साहस या युद्ध के कौशल की परीक्षा होती थी। जो युवक इस परीक्षा में सफल होता था, उसी के गले में कन्या जयमाला डाल देती थी। उसी से उसका विवाह हो जाता था। विश्वामित्र की हार्दिक इच्छा थी कि सीता का विवाह राम से हो जाये। वह यह भी जानते थे कि राम परीक्षा में अवश्य सफल होंगे। इसलिए जब वह मिथिला जाने लगे तो राम और लक्ष्मण को भी साथ लेते गये। राजा दशरथ से आज्ञा लेने के लिए अयोध्या जाने और वहाँ से मिथिला आने के लिए काफी वक्त न था। मिथिला वहाँ से करीब ही थी। इसलिए विश्वामित्र ने सीधे वहाँ जाने का निश्चय किया।

आजकल जिस प्रान्त को हम बिहार कहते हैं, वही उस जमाने में मिथिला कहलाता था। मिथिला के राजा जनक बड़े विद्वान और ज्ञानी पुरुष थे, बड़े-बड़े ऋषि-मुनि उनसे ज्ञान की शिक्षा लेने आते थे। कई साल पहिले मिथिला में बड़ा भारी अकाल पड़ा था। उस वक्त ऋषियों ने मिलकर फैसला किया कि यह अकाल यज्ञ से ही दूर हो सकता है। इस यज्ञ को पूरा करने की एक शर्त यह भी थी कि राजा जनक खुद हल चलायें। राजा जनक को अपनी प्रजा अपने प्राण से भी अधिक प्रिय थी। इसके सिर से इस संकट को दूर करने के लिए उन्होंने इस यज्ञ को शुरू कर दिया। जब वह हल-बैल लेकर खेत में पहुँचे और हल चलाने लगे तो क्या देखते हैं कि फल की नोक से जो जमीन खुद गयी है उसमें एक चाँद-सी लड़की पड़ी हुई है। राजा के कोई सन्तान न थी; तुरन्त इस लड़की को गोद में उठा लिया और घर लाये। उसका नाम सीता रखा क्योंकि वह फल की नोक से निकली थी। फल को संस्कृत में सित कहते हैं। इस ईश्वरीय देन को राजा जनक ने बड़े लाड़ और प्यार से पाला और अच्छे-अच्छे विद्वानों से शिक्षा दिलवायी। इसी सीता के विवाह पर यह स्वयंवर रचा गया था।

राम-लक्ष्मण और विश्वामित्र सोन, गंगा इत्यादि नदियों को पार करते हुए चौथे दिन मिथिला पहुँचे। सारे शहर के लोग इन राजकुमारों की सुन्दरता और डीलडौल देखकर उन पर मोहित हो गये। सबके मुँह से यही आवाज निकलती थी कि सीता के योग्य कोई है तो यही राजकुमार है; जैसी सुन्दर वह है वैसे ही खूबसूरत रामचन्द्र हैं। मगर देखना चाहिये, इनसे शिव का धनुष उठता है या नहीं।

राजा जनक को विश्वामित्र के आने की खबर हुई तो उन्होंने उनका बड़ा आदर सत्कार किया। जब उन्हें मालूम हुआ कि वह दोनों नौजवान राजा दशरथ के बेटे हैं तब उनके दिल में भी यही ख्वाहिश हुई कि काश सीता का ब्याह राम से हो जाता; मगर स्वयंवर की शर्त से लाचार थे।

विश्वामित्र ने राजा से पूछा- महाराज, आपने स्वयंवर के लिए कौन-सी परीक्षा चुनी है?

जनक ने उत्तर दिया– भगवन्! क्या कहूँ, कुछ कहा नहीं जाता। सैकड़ों बरस गुजर गये, एक बार शिवजी ने मेरे किसी पूर्वज को अपना धनुष दिया था। वह धनुष तब से मेरे घर में रखा हुआ था। एक दिन मैंने सीता से अपनी पूजा की कोठरी को लीप डालने के लिए कहा; उसी कोठरी में वह पुराना धनुष रखा हुआ था। सैकड़ों बरस से कोई उसे उठा न सका था। सीता ने जाकर देखा तो उसके आसपास बहुत कूड़ा जमा हो गया था। उसने धनुष को उठाकर एक ओर रख दिया। मैं पूजा करने गया तो धनुष को हटा हुआ देखकर मुझे बड़ा आश्चर्य हुआ। जब मालूम हुआ कि सीता ने उसे उठाकर जमीन साफ की है तब मैंने शर्त की कि ऐसी वीर कन्या का विवाह उसी वर से करूँगा जो धनुष को चढ़ाकर तोड़ देगा। अब देखूँ, लड़की के भाग्य में क्या है।

दूसरे दिन स्वयंवर की तैयारियाँ शुरू हुईं। मैदान में एक बड़ा शामियाना ताना गया। सैकड़ों सूरमा जो अपने बल के घमंड में दूर-दूर से आये हुए थे, आ आकर बैठे। शहर के लाखों स्त्री-पुरुष एकत्रित हुए। शिवजी के धनुष को बहुत से आदमी उठाकर सभा में लाये। जब सब लोग आ गये तो राजा जनक ने खड़े होकर कहा-ऐ भारतवर्ष के वीरो! यह शिवजी का धनुष आप लोगों के सामने रखा है। जो इसे तोड़ देगा, उसी के गले में सीता जयमाल डालेगी।

यह सुनते ही सूरमाओं और वीरों ने धनुष के पास जा-जाकर जोर लगाना शुरू किया। सभी राजकुमार सीता से विवाह करने का स्वप्न देख रहे थे। कमर कस-कसकर घमंड से ऐंठते अकड़ते धनुष के पास जाते और जब वह तिल भर भी न हिलता तो अपमान से गर्दन झुकाये अपना-सा मुँह लिये लौट आते थे। सारी सभा में एक भी ऐसा योद्धा न निकला जो धनुष को उठा सकता, तोड़ने का तो जिक्र ही क्या।

राजा जनक ने यह दशा देखी तो उन्हें बड़ा भय हुआ। सभा में खड़े होकर निराशासूचक स्वर में बोले– शायद यह वीरभूमि अब वीरों से खाली हो गयी। जभी तो इतने आदमियों में एक भी ऐसा न निकला जो इस धनुष को तोड़ सकता। यदि मैं ऐसा जानता तो स्वयंवर के लिए यह शर्त न रखता। ऐसा प्रतीत होता है कि सीता अविवाहित रहेगी। यही इसके भाग्य में है तो मैं क्या कर सकता हूँ। आप लोग अब शौक से जा सकते हैं। इस हौसले और ताकत पर आप लोगों को यहाँ आने की जरूरत ही क्या थी?

लक्ष्मण बड़े जोशीले युवक थे। जनक की यह बातें सुनकर उनसे सहन न हो सका! जोश से बोले– महाराज! ऐसा अपनी जबान से न कहिये। जब तक राजा रघु का वंश कायम है, यह देश वीरों से खाली नहीं हो सकता। मैं डींग नहीं मारता। सच कहता हूँ कि अगर खाली भाई साहब की आज्ञा पाऊँ तो एकदम मैं इस धनुष के पुरजे-पुरजे कर दूँ। मेरे भाई साहब चाहें तो इसे एक हाथ से तोड़ सकते हैं। इसकी हकीकत ही क्या है। लक्ष्मण की यह जोशपूर्ण बातें सुनकर सारे सूरमा दंग रह गये। रामचन्द्र छोटे भाई की तबियत से परिचित थे। उनका हाथ पकड़कर खींच लिया और बोले- भाई, यह समय इस तरह की बातें करने का नहीं है। जब तक तुम्हारे बड़े मौज़ूद हैं, तुम्हारा जबान खोलना उचित नहीं।

लक्ष्मण बैठ गये तो विश्वामित्र ने रामचन्द्र से कहा– बेटा, अब तुम जाकर इस धनुष को तोड़ो जिससे राजा जनक को तस्कीन हो। रामचन्द्र सीता को पहले ही दिन एक बाग में देख चुके थे। दोनों भाई बाग में सैर करने गये थे और सीता देवी की पूजा करने आयी थीं। वहीं दोनों की आँखें मिली थीं। उसी वक्त से रामचन्द्र को सीता से प्रेम हो गया था। वह इसी समय की प्रतीक्षा में थे। विश्वामित्र की आज्ञा पाते ही उन्होंने प्रणाम किया और धुनष की ओर चले। सूरमाओं ने अपना अपमान कम करने के विचार से उन पर आवाज़े कसना शुरू किया। एक ने कहा, जरा सँभले हुए जाइयेगा, ऐसा न हो कि अपने ही जोर में गिर पड़िये। दूसरा बोला-इस पुराने धनुष पर दया कीजिये, कहीं पुरजे-पुरजे न कर दीजियेगा। तीसरा बोला-जरा धीरे-धीरे कदम रखिये, जमीन हिल रही है। किन्तु रामचन्द्र ने इन तीनों की तरफ तनिक भी ध्यान न दिया। धनुष को इस तरह उठा लिया जैसे कोई फूल हो और इतनी जोर से चढ़ाया कि बीच से उसके दो टुकड़े हो गये। इसके टूटने से ऐसी आवाज हुई कि लोग चौंक पड़े। धनुष ज्यों ही टूटकर गिरा, वह सफलता की प्रसन्नता से उछलकर दौड़े। राजा जनक सभा के बाहर चिन्तापूर्ण दृष्टि से यह दृश्य देख रहे थे। रामचन्द्र को गले लगा लिया और सीता जी ने आकर उनके गले में जयमाल डाल दी। नगर वालों ने प्रसन्न होकर जय-जयकार करना शुरू किया। मंगलगान होने लगा, बन्दूकें छूटने लगीं और सूरमा लोग एक-एक करके चुपके-चुपके सरकने लगे। शहर के छोटे-बड़े, धनी-निर्धन, सब खुशी से फूले न समाते थे। सभी ने मुँहमाँगी मुराद पायी। सलाह हुई कि राजा दशरथ को शुभ समाचार की सूचना देनी चाहिये। कई ऊँट के सवार तुरन्त कोशल की ओर रवाना किये गये। विश्वामित्र राजकुमारों के साथ राजभवन में जाना ही चाहते थे कि मंडप के बाहर शोर-गुल सुनायी देने लगा। ऐसा मालूम होता था कि बादल गरज रहा है। लोग घबराकर इधर-उधर देखने

लगे कि यह क्या आफत आने वाली है। एक क्षण के बाद भेद खुला कि परशुराम ऋषि क्रोध से गरजते चले आ रहे हैं। देवों का-सा कद, अंगारे-सी लाल-लाल आँखें, क्रोध से चेहरा लाल, हाथ में तीरकमान, कंधे पर फरसा-यह आपका रूप था। मालूम होता था, सबको कच्चा ही खा जाएँगे। आते ही गरजकर बोले-किसने मेरे गुरु शिवजी का धनुष तोड़ा है, निकल आये मेरे सामने, जरा मैं भी देखूँ वह कितना वीर है?

रामचन्द्र ने बहुत नम्रता से कहा– महाराज! आपके किसी भक्त ने ही तोड़ा होगा और क्या। परशुराम ने फरसे को घुमाकर कहा-कदापि नहीं, यह मेरे भक्त का काम नहीं। यह किसी शत्रु का काम है। अवश्य मेरे किसी वैरी ने यह काम किया है। मैं भी उसका सिर तन से अलग कर दूँगा। किसी तरह क्षमा नहीं कर सकता। मेरे गुरु का धनुष और उसे कोई क्षत्रिय तोड़ डाले? मैं क्षत्रियों का शत्रु हूँ। जानीदुश्मन! मैंने एक-दो बार नहीं, इक्कीस बार क्षत्रियों के रक्त की नदी बहायी है। अपने बाप के खून का बदला लेने के लिये मैंने जहाँ क्षत्रियों को पाया है, चुन-चुनकर मारा है। अब फिर मेरे हाथों क्षत्रियों पर वही आफत आने वाली है। जिसने यह धनुष तोड़ा हो, मेरे सामने निकल आवे।

दिलेर और मनचले लक्ष्मण यह ललकार सुनकर भला कब सहन कर सकते थे। सामने आकर बोले– आप एक सड़े-से धनुष के टूटने पर इतना आपे से क्यों बाहर हो रहे हैं? लड़कपन में ऐसे कितने धनुष खेल-खेलकर तोड़ डाले, तब तो आपको तनिक भी क्रोध न आया। आज इस पुराने, बेदम धनुष के टूट जाने से आप क्यों इतना कुपित हो रहे हैं? क्या आप समझते हैं कि इन गीदड़ भभकियों से कोई डर जायेगा?

जैसे घी पड़ जाने से आग और भी तेज हो जाती है, उसी तरह लक्ष्मण के ये शब्द सुनकर परशुराम और भी भयावने हो गये। फरसे को हाथ में लेकर बोले-तू कौन है जो मेरे साथ इस धृष्टता से व्यवहार करता है? तुझे क्या अपनी जान जरा भी प्यारी नहीं है जो इस तरह मेरे सामने जबान चलाता है? क्या यह धनुष भी वैसा ही था जैसे तुमने लड़कपन में तोड़े थे? यह शिवजी का धनुष था।

लक्ष्मण बोले– किसी का धनुष हो, मगर था बिल्कुल सड़ा हुआ। छूते ही टूट गया। जोर लगाने की जरूरत ही न पड़ी। इस जरा-सी बात के लिए व्यर्थ आप इतना बिगड़ रहे हैं। परशुराम और भी झल्लाकर बोले-अरे मूर्ख, क्या तू मुझे नहीं पहचानता? मैं तुझे लड़का समझकर अभी छोड़ दिये जाता हूँ और तू अपनी धृष्टता नहीं छोड़ता। मेरा क्रोध बुरा है। ऐसा न हो, मैं एक बार में तेरा काम तमाम कर दूँ।

लक्ष्मण– मेरा काम तो तमाम हो चुका! हाँ, मुझे डर है कि कहीं आपका क्रोध आपको हानि न पहुँचाये। आप जैसे ऋषियों को कभी क्रोध न करना चाहिये।

परशुराम ने फरसा सँभालते हुए दाँत पीसते हुए कहा– क्या कहूँ, तेरी उमर तुझे बचा रही है वरना अब तक तेरा सिर तन से जुदा कर देता।

लक्ष्मण– कहीं इस भरोसे मत रहियेगा। आप फूँककर पहाड़ नहीं उड़ा सकते। आप ब्राह्मण हैं इसलिए आपके ऊपर दया आती है। शायद अभी तक आपका किसी क्षत्रिय से पाला नहीं पड़ा। जभी आप इतना बिफर रहे हैं।

रामचन्द्र ने देखा कि बात बढ़ती जा रही है तो लक्ष्मण का हाथ पकड़कर बिठा दिया और परशुराम से हाथ जोड़कर बोले– महाराज! लक्ष्मण की बातों का आप बुरा न मानें। यह ऐसा ही धृष्ट है। यह अभी तक आपको नहीं जानता, वरना यों आपके मुँह न लगता। इसे क्षमा कीजिये, छोटों का कुसूर बड़े माफ किया करते हैं। आपका अपराधी मैं हूँ, मुझे जो दण्ड चाहें, दें। आपके सामने सिर झुका हुआ है।

रामचन्द्र की यह आदरपूर्ण बातचीत सुनकर परशुराम कुछ नर्म पड़े कि एकाएक लक्ष्मण को हँसते देखकर फिर उनके बदन में आग लग गयी। बोले-राम! तुम्हारा यह भाई अति धृष्ट है। विनय और शील तो इसे छू तक नहीं गया। जो कुछ मुँह में आता है, बक डालता है। रंग इसका गोरा है। पर दिल इसका काला है। ऐसा अशिष्ट लड़का मैंने नहीं देखा।

अभी तक तो लक्ष्मण परशुराम को केवल छेड़ रहे थे किन्तु ये बातें सुनकर उन्हें क्रोध आ गया। बोले-सुनिये महाराज! छोटों का काम बड़ों का आदर करने का है किन्तु इसकी भी सीमा होती है। आप अब इस सीमा से बढ़े जा रहे हैं। आखिर आप क्यों इतना अप्रसन्न हो रहे हैं? आपके बिगड़ने से तो धनुष जुड़ न जायेगा। हाँ, जगहँसाई अवश्य होगी। अगर यह धनुष आपको ऐसा ही प्रिय है तो किसी कारीगर से जुड़वा दिया जायेगा। इसके अतिरिक्त और हम क्या कर सकते हैं। आपका क्रोध बिलकुल व्यर्थ है।

मारे क्रोध के परशुराम की आँखें बीरबहूटी की तरह लाल हो गयीं। वह थर-थर काँपने लगे। उनके नथने फड़कने लगे। रामचन्द्र ने उनकी यह दशा देखकर लक्ष्मण को वहाँ से चले जाने का इशारा किया और अत्यन्त विनीत भाव से बोले-महाराज! बड़ों को छोटे, कम समझ आदमियों की बातों पर ध्यान नहीं देना चाहिये। इसके बकने से क्या होता है। हम सब आपके सेवक हैं। धनुष मैंने तोड़ा है। इसका दोषी मैं हूँ। इसका जो दण्ड आप उचित समझें मुझे दें। आप इसका जो दण्ड माँगें, मैं देने को तैयार हूँ।

परशुराम ने नर्म होकर कहा– तावान मैं तुमसे क्या लूँगा। मुझे यही भय है कि इस धनुष के टूट जाने से क्षत्रियों को फिर घमण्ड होगा और मुझे फिर उनका अभिमान तोड़ना पड़ेगा। यह शिव का धनुष नहीं टूटा है, ब्राह्मणों के तेज और बल को धक्का लगा है।

रामचन्द्र ने हँसकर कहा– ऋषिराज! क्षत्रिय ऐसे नीच नहीं हैं कि इस जरा-से धनुष के टूट जाने से उन्हें घमण्ड हो जाये। अगर आप मेरी वीरता की विशेषता देखना चाहते हैं तो इससे भी बड़ी परीक्षा लेकर देखिए।

परशुराम-तैयार है?

राम-जी हाँ, तैयार हूँ।

परशुराम ने अपना तीर और कमान रामचन्द्र के समीप फेंककर कहा-अच्छा, इस धनुष पर प्रत्यंचा चढ़ा। देखूँ तो कितना वीर है।

रामचन्द्र ने धनुष उठा लिया और बड़ी आसानी से प्रत्यंचा चढ़ाकर बोले-कहिए, अब क्या ? तोड़ दूँ इस धनुष को?

परशुराम का सारा क्रोध शान्त हो गया। उन्होंने बढ़कर रामचन्द्र को हृदय से लगा लिया और उन्हें आशीर्वाद देते हुए अपना धनुषबाण लेकर बिदा हो गये। राजा जनक की जान सूख रही थी कि न जाने क्या विपदा आने वाली है। परशुराम के चले जाने से जान में जान आयी। फिर मंगलगान होने लगे।

राजा दशरथ रामचन्द्र और लक्ष्मण का समाचार न मिल पाने से बहुत चिन्तित हो रहे थे। यह शुभ समाचार मिला तो बड़े प्रसन्न हुए। अयोध्या में भी उत्सव होने लगा। दूसरे दिन धूमधाम से बारात सजाकर वह मिथिला चले।

राजा जनक ने बारात का खूब सेवासत्कार किया और शास्त्रविधि से सीता जी का विवाह रामचन्द्र से कर दिया। उनकी एक दूसरी लड़की थी जिसका नाम उर्मिला था। उसकी शादी लक्ष्मण से हो गयी। राजा जनक के भाई के भी दो लड़कियाँ थीं। वे दोनों भरत और शत्रुघ्न से ब्याही गयीं। कई दिन के बाद बारात बिदा हुई। राजा जनक ने अनगिनती सोने-चाँदी के बर्तन, हीरे जवाहरात, जड़ाऊ झूलों से सजे हुए हाथी, नागौरी बैलों से जुते हुए रथ, अरब जाति के घोड़े दहेज में दिये।

अध्याय-2

वनवास

राजा दशरथ कई साल तक बड़ी तनदेही से राज करते रहे किन्तु बुढ़ापे के कारण उनमें अब पहले-सा जोश न था, इसलिए उन्होंने रामचन्द्र जी से राज्य के कामों में मदद लेना शुरू किया। इसमें एक गुप्त युक्ति यह भी थी कि रामचन्द्र को शासन का अनुभव हो जाये। यों केवल नाम के लिए वह स्वयं राजा थे किन्तु अधिकतर काम रामजी के हाथों से ही होते थे। राम के सुन्दर प्रबन्ध की सारे राज्य में प्रशंसा होने लगी। जब राजा दशरथ को विश्वास हो गया कि राम अब शासक के धर्मों से भली प्रकार अवगत हो गये हैं और उन पर योग्यता से आचरण भी कर सकते हैं तो एक दिन उन्होंने अपने दरबार के प्रमुख व्यक्तियों को तथा नगर के प्रतिष्ठित पुरुषों को बुलाकर कहा-मुझे आप लोगों की सेवा करते एक समय बीत गया। मैंने सदा न्याय के साथ राज करने की कोशिश की। अब मैं चाहता हूँ कि राज्य रामचन्द्र के सिपुर्द कर दूँ और अपने जीवन के अन्तिम दिन किसी एकान्त स्थान में बैठकर परमात्मा की याद में बिताऊँ।

यह प्रस्ताव सुनकर लोग बहुत प्रसन्न हुए और बोले– महाराज! आपकी शरण में हम जिस सुख और चैन से रहे उसकी याद हमारे दिलों से कभी न

मिटेगी। जी तो यही चाहता है कि आपका हाथ हमारे सिर पर हमेशा रहे। लेकिन अब आपकी यही इच्छा है कि आप परमात्मा की याद में जिन्दगी बसर करें तो हम लोग इस शुभ काम में बाधक न होंगे। आप खुशी से ईश्वर की उपासना करें। हम जिस तरह आपको अपना मालिक और संरक्षक समझते थे, उसी तरह रामचन्द्र को समझेंगे।

इसी बीच में गुरु वशिष्ठ जी भी आ गये। उन्हें भी यह प्रस्ताव पसन्द आया। राजा ने कहा– जब आप लोग राम को चाहते हैं तो फिर अच्छी साइत देखकर उनका राजतिलक कर देना चाहिये। जितनी ही जल्दी मुझे अवकाश मिल जाये उतना ही अच्छा। सब लोगों ने इसे बड़ी खुशी से स्वीकार किया। तिलक की साइत निश्चित हो गयी। नगर में ज्यों ही लोगों को ज्ञात हुआ कि रामचन्द्र का तिलक होने वाला है, उत्सव मनाने की तैयरियाँ होने लगीं। जिस दिन तिलक होने वाला था, उसके एक दिन पहले से शहर की सजावट होने लगी। घरों के दरवाजों पर बन्दनवारें लटकाई जाने लगीं, बाजारों में झण्डियाँ लहराने लगीं, सड़कों पर छिड़काव होने लगा, बाजे बजने लगे।

रानी कैकेयी की एक दासी मन्थरा थी। वह अति कुरूप, कुबड़ी औरत थी। कैकेयी के साथ मायके से आयी थी, इसलिए कैकेयी उसे बहुत चाहती थी। वह किसी काम से रनिवास के बाहर निकली तो यह धूमधाम देखकर एक आदमी से इसका कारण पूछा। उसने कहा-तुझे इतनी खबर भी नहीं! अयोध्या ही में रहती है या कहीं बाहर से पकड़कर आयी है? कल श्रीरामचन्द्र का तिलक होने वाला है। यह सब उसकी तैयारियाँ हैं।

यह समाचार सुनते ही मन्थरा को जैसे कम्प आ गया। मारे डाह के जल उठी। उसकी हार्दिक इच्छा थी कि कैकेयी के राजकुमार भरत गद्दी पर बैठें और कैकेयी राजमाता हों, तब मैं जो चाहूँगी, करूँगी। फिर तो मेरा ही राज होगा और रानियों की दासियों पर धाक जमाऊँगी। सिर से पैर तक गहनों से लदी हुई निकलूँगी तो लोग मुझे देखकर कहेंगे, वह मन्थरा देवी जाती हैं। फिर मुझे किसी ने कुबड़ी कहा तो मजा चखा दूँगी। इसी तरह के मनसूबे उसने दिल में बाँध रखे थे। इस खबर ने उसके सारे मनसूबे धूल में मिला दिये। जिस काम के लिये जाती थी उसे बिल्कुल भूल गयी। बदहवास दौड़ी हुई महल में गयी और कैकेयी से बोली-महारानी जी! आपने कुछ और सुना? कल राम का तिलक होने वाला है।

तीनों रानियों में बड़ा प्रेम था। उनमें नाम को भी सौतियाडाह न था। जिस तरह कौशल्या भरत को राम की ही तरह प्यार करती थीं, उसी तरह कैकेयी भी राम को प्यार करती थीं। रामचन्द्र सबसे बड़े थे इसलिए यह मानी हुई बात थी कि वही राजा होंगे। मन्थरा से यह खबर सुनकर कैकेयी बोली-मैं यह खबर पहले ही सुन चुकी हूँ, लेकिन तूने सबसे पहले मुझसे कहा इसलिए यह सोने का हार तुझे इनाम देती हूँ। यह ले।

मन्थरा ने सिर पर हाथ मारकर कहा-महारानी! यह इनाम मैं शौक से लेती अगर राम की जगह राजकुमार भरत के तिलक की खबर सुनती। यह इनाम देने की बात नहीं है, रोने की बात है। आप अपना भला-बुरा कुछ नहीं समझतीं।

कैकेयी– चुप रह डाइन! तुझे ऐसी बातें मुँह से निकालते लाज भी नहीं आती? रामचन्द्र मुझे भरत से भी प्यारे हैं। तू देखती नहीं कि वह मेरा कितना आदर करते हैं? बिना मुझसे सलाह लिये कोई काम नहीं करते!

फिर वह सबसे बड़े हैं। गद्दी पर अधिकार भी तो उन्हीं का है! फिर जो ऐसी बात मुँह से निकाली तो जबान खिंचवा लूँगी।

मन्थरा– हाँ, जबान क्यों न खिंचवा लोगी! जब बुरे दिन आते हैं तो आदमी की बुद्धि पर इसी प्रकार पर्दा पड़ जाता है। तुम जैसी भोली-भाली, नेक हो, वैसा ही सबको समझती हो। राम को बेटा-बेटा कहते यहाँ तुम्हारी जबान सूखती है, वहाँ रानी कौशल्या चुपके-चुपके तुम्हारी जड़ खोद रही हैं। चार दिन में वही रानी होंगी। तुम्हारी कोई बात भी न पूछेगा। बस महाराज के पूजा के बर्तन धोया करना। मेरा काम तुम्हें समझाना था, समझा दिया। तुम्हारा नमक खाती हूँ, उसका हक अदा कर दिया। मेरे लिये जैसे राम, वैसे भरत। मैं दासी से रानी तो होने की नहीं। हाँ, तुम्हारे विरुद्ध कोई बात होते देखती हूँ तो रहा नहीं जाता। मेरे मुँह में आग लगे। कहाँ से कहाँ मैंने यह जिक्र छेड़ दिया कि सबेरे-सबेरे डाइन, चुड़ैल बनना पड़ा। तुम जानो, तुम्हारा काम जाने।

इन बातों ने आखिर कैकेयी पर असर किया। समझी, ठीक ही तो है, रामचन्द्र राजा होकर भरत को निकाल दें या मरवा ही डालें तो कौन उनका हाथ पकड़ेगा। मैं भी दूध की मक्खी की तरह निकाल दी जाऊँगी। बहुत होगा रोटी, कपड़ा मिल जायेगा। राज्य पाकर सभी की मति बदल जाती है। राम को भी अभिमान हो जाये तो क्या आश्चर्य है। जभी कौशल्या मेरी इतनी खातिर करती हैं। यह सब मुझे तबाह करने की चालें हैं। यह सोचकर उसने मन्थरा से कहा-मन्थरा, देख, मेरी बातों का बुरा न मान। मैं क्या जानती थी कि मुझे और भरत को तबाह करने के लिए कौशल रचा जा रहा है। मैं तो सीधी-सादी स्त्री हूँ, छक्कापंजा क्या जानूँ। अब तूने यह बात सुनायी तो मुझे सच्चाई मालूम हो रही है; मगर अब तो तिलक की साइत निश्चित हो चुकी। कल सबेरे तिलक हो जायेगा। अब हो ही क्या सकता है।

मन्थरा– होने को तो बहुत कुछ हो सकता है। बस जरा स्त्री-हठ से काम लेना पड़ेगा। मैं सारी तरकीबें बतला दूँगी। जरा इन लोगों की चालाकी देखो कि तिलक की साइत उस समय ठीक की जब राजकुमार भरत ननिहाल में हैं। सोचो, अगर दिल साफ होता तो दस-पाँच दिन और न ठहर जाते! भरत के आ जाने पर तिलक होता तो क्या बिगड़ जाता। मगर वहाँ तो दिलों में मैल भरा हुआ है। उनकी अनुपस्थिति में चुपके से तिलक कर देना चाहते हैं।

कैकेयी– हाँ, यह बात भी तुझे खूब सूझी। शायद इसीलिए भरत को पहले यहाँ से खिसका दिया है, पहले से ही यह बात सधी-बदी थी। खेद है, मुझे मिट्टी में मिलाने के लिए ऐसे-ऐसे षड्यंत्र रचे जाते रहे और मैं बेखबर बैठी रही। बतला, अब मैं क्या करूँ? मेरी तो बुद्धि कुछ काम नहीं करती।

मन्थरा ने अपना कूबड़ हिलाकर कहा– वारी जाऊँ महारानी! आप भी क्या बातें करती हैं। आपको ईश्वर ने ऐसा रूप दिया है और महाराज को आपसे ऐसा प्रेम है कि रात भर में आप न जाने क्या-क्या कर सकती हैं। आप तो सारी बातें भूल जाती हैं। ऐसी भुलक्कड़ न होतीं तो बैरियों को ऐसे षड्यंत्र करने का मौका ही क्यों मिलता। अब तक तो भरत का कभी तिलक हो गया होता। तुम्हीं ने एक बार मुझसे कहा था कि महाराज ने तुम्हें दो वरदान देने का वचन दिया है। क्या वह बात भूल गयीं?

कैकेयी– हाँ, भूल तो गयी थी पर अब याद आ गया। एक बार महाराज लड़ाई के मैदान से घायल होकर आये थे और मैंने मरहमपट्टी करके रात भर में उन्हें अच्छा कर दिया था। उसी समय उन्होंने मुझे दो वरदान दिये थे। मैंने कहा था, मुझे आपकी दया से किस बात की कमी है। जब आवश्यकता होगी, माँग लूँगी।

मन्थरा– बस, फिर तो सारी बात बनी बनायी है। आज तुम कोपभवन में जाकर बैठ जाओ। आभूषण इत्यादि सब उतार फेंको। केवल एक मैली कुचैली साड़ी पहन लेना और सिर के बाल खोलकर ज़मीन पर पड़ रहना। महाराज तुम्हारी यह दशा देखते ही घबरा जायेंगे। बस उसी समय दोनों वचन की याद दिलाकर कहना कि अब उन्हें पूरा कीजिये-एक यह कि राम के बदले भरत का तिलक हो, दूसरे यह कि राम को चौदह वर्ष के लिए वनवास दिया जाये। महाराज वचन के पक्के हैं, अवश्य ही मान जायेंगे। फिर आनन्द से राज्य करना।

दिन तो उत्सव की तैयारियों में गुजरा। रात को जब राजा दशरथ कैकेयी के महल में पहुँचे तो चारों तरफ अँधेरा छाया हुआ, न कहीं गाना, न बजाना, न राग, न रंग। घबराकर एक दासी से पूछा-यह अँधेरा क्यों छाया हुआ है, चारों तरफ उदासी क्यों फैली हुई है? तू जानती है महारानी कैकेयी कहाँ हैं? उनकी तबियत तो अच्छी है?

दासी ने कहा– महारानी जी ने गाने बजाने का निषेध कर दिया है। वह इस समय कोपभवन में हैं।

महाराजा का माथा ठनका। यह रंग में क्या भंग हुआ। अवश्य कोई न कोई विपत्ति आने वाली है। उनका दिल धड़कने लगा। घबराये हुए कोपभवन में गये तो देखा, कैकेयी भूमि पर पड़ी सिसकियाँ भर रही हैं।

राजा दशरथ कैकेयी को बहुत प्यार करते थे। उनकी यह दशा देखते ही उनके हाथों के तोते उड़ गये। भूमि पर बैठकर बोले-महारानी! कुशल तो है? तुम्हारी तबियत कैसी है? शीघ्र बतलाओ वरना मैं पागल हो जाऊँगा। क्या बात हुई है? तुम्हें किसी ने कुछ ताना दिया है? कोई बात तुम्हारी इच्छा के विरुद्ध हुई है? जिसने तुमसे यह धृष्टता की हो, उसको इसी समय दण्ड दूँगा।

कैकेयी ने आँसू पोंछते हुए कहा– मुझे कुछ नहीं हुआ। बहुत भली प्रकार हूँ। खाने को रोटियाँ, पहनने को कपड़े, रहने को मकान मिल ही गया है, अब और किस बात की कमी हो सकती है? आप भी प्रेम करते ही हैं। जाइये, उत्सव मनाइये। मुझे पड़ी रहने दीजिए। जिसका भाग्य ही बुरा है, उसे आप क्या करेंगे।

राजा ने कैकेयी को भूमि से उठाने की चेष्टा करते हुए कहा– महारानी, ऐसी बातें न करो। मुझे दुःख होता है। तुम्हें ज्ञात है मैं तुमसे कितना प्रेम करता हूँ। मैंने कभी तुम्हारी इच्छा के विरुद्ध कोई काम नहीं किया। तुम्हें जो शिकायत हो, साफ-साफ कह दो। मैं प्रतिज्ञा करता हूँ कि इसी समय उसे पूरा करूँगा।

कैकेयी ने त्योरियाँ बदलकर कहा– आप जितना मुझसे कहते हैं, उसका एक हिस्सा भी करते तो मेरी हालत आज ऐसी खराब न होती। अब मुझे मालूम हुआ है कि आपका यह प्रेम केवल बातों का है। आप बातों से पेट भरना खूब जानते हैं। दुनिया आपको वचन का पक्का कहती है। आपके वंश में लोग वचन के पीछे जान देते चले आये हैं मगर मुझसे तो आपने जितने वादे किये, उनमें एक भी पूरा न किया। अब और किस मुँह से माँगूंगी।

राजा– मुझे यह सुनकर अत्यन्त आश्चर्य हो रहा है। जहाँ तक मुझे याद है, मैंने तुम्हारे साथ जितने वादे किये, वे सब पूरे किये। वह कौन-सा वादा है जिसे मैंने नहीं पूरा किया? इसी समय पूरा करूँगा। बस तनिक-सी बात के लिए तुम्हें कोपभवन में बैठने की क्या जरूरत थी?

कैकेयी भूमि से उठकर बैठी और बोली– याद कीजिये, एक बार आपने मुझे दो वरदान दिये थे-जिस दिन आप लड़ाई में घायल होकर लौटे थे।

राजा– हाँ, याद आ गया। ठीक है। मैंने दो वरदान दिये थे। मगर तुमने ही तो कहा था कि जब मुझे जरूरत होगी, माँग लूँगी।

कैकेयी– हाँ, मैंने ही कहा था। अब वह समय आ गया है। आप उन्हें पूरा करने को तैयार हैं?

राजा– मन और प्राण से। यदि तुम जान भी माँगो तो निकालकर दे दूँगा।

कैकेयी ने जमीन की तरफ ताकते हुए कहा– तो सुनिये। मेरा पहला वरदान यह है कि राम के बदले भरत का तिलक हो, दूसरा यह कि राम को चौदह वर्ष के लिए वनवास दिया जाये।

ओह निष्ठुर कैकेयी! तूने यह क्या किया? तुझे अपने वृद्ध पति पर तनिक भी दया न आयी? क्या तुझे ज्ञात नहीं कि रामचन्द्र ही उनके जीवनाधार हैं! राजा के चेहरे का रंग पीला पड़ गया। मालूम हुआ, साँप ने काट लिया। ठंडी साँस भरकर बोले- कैकेयी, क्या तुम्हारे मुँह से विष की बूँदें टपक रही हैं? क्या तुम्हारे हृदय में राम की ओर से इतना मालिन्य है? राम का आज संसार में कोई बुरा चाहने वाला नहीं। वह सबकी आँखों का तारा है। तुम्हारा वह जितना आदर करता है, उतना शायद अपनी माँ का नहीं करता। तुमने आज तक उसकी शिकायत न की, बल्कि हमेशा उसके शील-विनय की तारीफ किया करती थी! आज यह कायापलट क्यों हो गयी? अवश्य किसी शत्रु ने तुम्हारे कान भरे हैं और राम की बुराइयाँ की हैं।

कैकेयी ने तिनककर कहा– कान तुम्हारे भरे गये हैं, मेरे नहीं हैं। अपना लाभ और हानि जानवर तक समझते हैं। क्या मैं जानवरों से भी गयी बीती हूँ? निश्चय देख रही हूँ कि मेरा बाग उजाड़ किया जा रहा है। क्या उसकी रक्षा न करूँ? अपनी गर्दन पर तलवार चल जाने दूँ? आपको अब तक मैं

निर्मलहृदय समझती थी। मगर अब मालूम हुआ कि आप भी केवल बातों से प्रेम के हरे-भरे बाग दिखाकर मुझे नष्ट करना चाहते हैं। कौशल्या रानी ने आपको खूब मन्त्र पढ़ाया है। उस नागिन के काटे की दवा नहीं। अब मैं दिखा दूँगी कि कैकेयी भी राजा की लड़की है, किसी शूद्र, चमार की नहीं कि इन चालों को न समझे।

राजा– कैकेयी, मैं कभी झूठ नहीं बोलता, मैं तुमसे सच कहता हूँ कि मैंने राम के तिलक का निश्चय स्वयं किया। कौशल्या ने इस विषय में मुझसे एक शब्द भी नहीं कहा। तुम्हारा उन पर सन्देह करना अन्याय है। राम ने भी भरत के विरुद्ध एक शब्द नहीं कहा। मेरे लिए राम और भरत दोनों बराबर हैं। किन्तु अधिकार तो बड़े लड़के का ही है। यदि मैं भरत का तिलक करना भी चाहूँ तो तुम समझती हो भरत उसे स्वीकार करेंगे? कदापि नहीं। भरत के लिए यह असम्भव है कि वह राम का अधिकार छीनकर प्रसन्न हों। राम और भरत एक प्राण दो शरीर हैं। तुमने इतने दिनों के बाद वरदान भी माँगे तो ऐसे जो इस घर को नष्ट कर देंगे-शायद इस राज्य का अंत ही कर दें। खेद!

कैकेयी ने उँगली नचाकर कहा– अच्छा! तो क्या आपने समझा था कि मैं आपसे खेलने के लिए गुड़िया माँगूंगी? क्या किसी मजदूर की लड़की हूँ? अब इन चिकनी-चुपड़ी बातों में आप मुझे न फँसा सकेंगे। आपको और इस घर के आदमियों को खूब देख चुकी। आँखें खुल गयीं। यदि आपको वचन के सच्चे बनने का दावा है तो मेरे दोनों वरदान पूरे कीजिये। अन्यथा फिर रघुवंशी होने का घमण्ड न कीजियेगा। यह कलंक सदैव के लिए अपने माथे पर लगा लीजिए कि रघुकुल के राजा दशरथ ने वादे किये थे पर जब उन्हें पूरा करने का समय आया तो साफ निकल गये।

राजा ने तिलमिलाकर कहा– कैकेयी, क्यों जले पर नमक छिड़कती हो! मैं अपने वचन से कभी न फिरूँगा, चाहे इसमें मेरा जीवन, मेरे वंश और मेरे राज्य का अन्त ही क्यों न हो जाये। शायद ब्रह्मा ने राम के भाग्य में वनवास ही लिखा हो। शायद इसी बहाने से इस वंश का नाश लिखा हो। किन्तु इसका अपयश सदा के लिए तुम्हारे नाम के साथ लगा रहेगा। मैं तो शायद यह चोट खाकर जीवित न रहूँगा। मगर मेरी यह बात गिरह बाँध लो कि राम को वनवास देकर तुम भरत के राज्य का सुख न देख सकोगी।

कैकेयी ने झल्लाकर कहा– यह आप भरत को शाप क्यों देते हैं? भरत राजा होंगे। आपको उन्हें राज्य देना पड़ेगा। वह राजा हो जायें, यही मेरी अभिलाषा है। मैं सुख देखने के लिए जीवित रहूँगी या नहीं, इसका हाल ईश्वर जाने।

राजा– यह तो मैं बड़ी प्रसन्नता से करने को तैयार हूँ। मेरे लिए राम और भरत में कोई अन्तर नहीं। मैं इसी समय भरत को बुलाने के लिए आदमी भेज सकता हूँ। ज्यों ही वह आ जायेंगे, उनका तिलक हो जायेगा। किन्तु राम को वनवास देते हुए मेरे हृदय के टुकड़े हुए जाते हैं। हाय! मेरा प्यारा राजकुमार चौदह वर्ष तक जंगलों में कैसे रहेगा? जो सदा फूलों की सेज पर सोया, वह पत्थर की चट्टानों पर घास-पात का बिछौना बिछाकर कैसे सोयेगा? कैकेयी, ईश्वर के लिए मुझ पर दया करो, इस वंश पर दया करो। अपना दूसरा वरदान पूरा करने के लिए मुझे विवश न करो।

कैकेयी ने राजा की ओर देखकर आँखें नचायीं और बोलीं– साफ-साफ क्यों नहीं कहते कि मैं अपने वचन पूरे न करूँगा। क्या मैं इतना भी नहीं समझती कि राम के रहते बेचारा भरत कभी आराम से न बैठने पायेगा। राम अपनी मीठी-मीठी बातों से प्रजा का हृदय वश में करके राज्य में क्रान्ति

करा देंगे। भरत का जीवित रहना कठिन हो जायेगा। मेरे दोनों वरदान आपको पूरे करने पड़ेंगे। अब आपके धोखे में न आऊँगी।

राजा समझ गये कि कैकेयी को समझाना अब बेकार है। मैं जितना ही समझाऊँगा, उतना ही यह झल्लायेगी। सिर थामकर सोचने लगे कि क्या जवाब दूँ। मालूम होता है, आँखों में अँधेरा छा गया है। कोई हृदय को चीरे डालता है। हाय! जीवन की सारी अभिलाषाएँ धूल में मिली जा रही हैं। ईश्वर! यदि तुम्हें यही करना था तो बेटे दिये ही क्यों। बला से निःसंतान रहता। युवा बेटे का दुःख तो न देखना पड़ता। यह तीन-तीन विवाह करने का फल है! बुढ़ापे में विवाह करने का यह फल! उससे अधिक मूर्ख दुनिया में कोई नहीं जो बुढ़ापे में विवाह करता है। वह जान बूझकर विष का प्याला पीता है। हाय! सुबह होते ही राम मुझसे अलग हो जायेंगे। मेरा प्यारा हृदय का टुकड़ा जंगल की राह लेगा। भगवान्! इसके पहले कि इसके वनवास की आज्ञा मेरे मुँह से निकले, तुम मुझे इस दुनिया से उठा लेना। इसके पहले मैं उसे साधुओं के भेष में वन की ओर जाते देखूँ, तुम मेरी आँखों को निस्तेज कर देना। हाय! ईश्वर करता राम इतना आज्ञाकारी न होता। क्या ही अच्छा होता कि वह मेरी आज्ञा मानना अस्वीकार कर देता। कैकेयी राजा को चिंता में डूबे हुए देखकर बोली-आप सोच क्या रहे हैं? बोलिये, मेरी बातें स्वीकार करते हैं या नहीं?

राजा ने आँसुओं से भरी हुई आँखों से कैकेयी को देखकर कहा– रानी! यह पूछने की बात नहीं। अपने वचन से न फिरूँगा। तुम्हारी दोनों बातें स्वीकार हैं। तुम इतनी सुन्दर होकर हृदय से इतनी कलुषपूर्ण हो, इसका मुझे अनुमान, विचार तक न था। मैं न जानता था कि तुम मेरे दोनों वरदानों का यह प्रयोग करोगी। खैर, तुम्हारा राज्य तुमको सुखी करे। प्यारे राम!

मुझे क्षमा करना। तुम्हारा पिता जिसने तुम्हें गोद में खिलाया, आज एक स्त्री के छल में पड़कर तुम्हारी गर्दन पर तलवार चला रहा है। किन्तु बेटा! देखना, रघुकुल के नाम पर कलंक न लगने पाये....

यह कहते-कहते राजा मूर्च्छित हो गये। कैकेयी दिल में प्रसन्न हो रही थी, कल से अयोध्या में मेरे नाम का डंका बजेगा। वह सबेरे किसी दूत को कश्मीर भेजकर भरत को बुलाने का निश्चय कर रही थी। अहा! वह घड़ी कितनी शुभ होगी जब भरत अयोध्या के राजा होंगे! राजा थोड़ी-थोड़ी देर के बाद करवट बदलते और कराहते थे। हाय राम! हाय राम! इसके अतिरिक्त उनके मुँह से कोई शब्द न निकलता था।

इस प्रकार सारी रात बीत गयी। सुबह को शहर के धनी मानी, विद्वान्, ऋषि-मुनि और दरबार के सभासद तिलक का अनुष्ठान करने के लिए उपस्थित हुए। हवनकुण्ड में आग जलाई गयी। आचार्य लोग वेद-मन्त्रों का पाठ करने लगे। भिक्षुओं का एक दल दान के रुपये लेने के लिये फाटक पर एकत्रित हो गया। लोगों की आँखें राजमहल के द्वार की ओर लगी हुई हैं। राजा साहब आज क्यों इतना विलम्ब कर रहे हैं। हर आदमी अपने पास बैठे आदमी से यही प्रश्न कर रहा है। शायद राजसी पोशाक पहन रहे हों। किन्तु नहीं, वह तो बहुत तड़के उठा करते हैं। अन्दर से कोई समाचार भी नहीं आता। रामचन्द्र स्नान-पूजा से निवृत्त होकर बैठे हैं। कौशल्या की प्रसन्नता का अनुमान कौन कर सकता है? प्रासाद में मंगलगीत गाये जा रहे हैं। द्वार पर नौबत बज रही है, पर दशरथ का पता नहीं।

अन्त में गुरु वशिष्ठ ने साइत टलते देखकर मन्त्री सुमन्त्र को महल में भेजा कि जाकर महाराज को बुला लाओ।

सुमन्त्र अन्दर गये तो क्या देखते हैं कि महाराज भूमि पर पड़े कराह रहे हैं और कैकेयी द्वार पर खड़ी हैं। सुमन्त्र ने रानी कैकेयी को प्रणाम किया और बोले-महाराज की नींद अभी नहीं टूटी? बाहर गुरु वशिष्ठ जी बैठे हुए हैं। तिलक का मुहूर्त टला जाता है, आप तनिक उन्हें जगा दें।

कैकेयी बोली– महाराज को प्रसन्नता के मारे आज रात भर नींद नहीं आयी। इस समय तनिक आँख लग गयी है। अभी जगा दूँगी तो उनका सिर भारी हो जायेगा। तुम तनिक जाकर रामचन्द्र को अन्दर भेज दो। महाराज उनसे कुछ कहना चाहते हैं।

सुमन्त्र ने यह दृश्य देखकर ताड़ लिया कि अवश्य कोई षड्यंत्र उठ खड़ा हुआ है। जाकर रामचन्द्र जी से यह सन्देश कहा। रामचन्द्र जी तुरन्त अन्दर आकर राजा दशरथ के सामने खड़े हो गये और प्रणाम करके बोले- पिताजी, मैं उपस्थित हूँ, मुझे क्यों स्मरण किया है?

दशरथ ने एक बार विवश निगाहों से रामचन्द्र को देखा और ठंडी साँस भर कर सिर झुका लिया। उनकी आँखों से आँसू जारी हो गये। रामचन्द्र को सन्देह हुआ कि सम्भवतः आज महाराज मुझसे अप्रसन्न हैं। बोले-माताजी! पिताजी ने मेरी बातों का कुछ भी उत्तर न दिया, शायद वह मुझसे नाराज हैं।

कैकेयी बोली– नहीं बेटा, वह तुमसे नाराज नहीं हैं। तुमसे वह इतना प्रेम करते हैं, तुमसे क्यों नाराज होने लगे। वह तुमसे कुछ कहना चाहते हैं। किन्तु इस भय से कि शायद तुम्हें बुरा मालूम हो, या तुम उनकी आज्ञा न मानो, कहते हुए झिझकते हैं। इसलिये अब मुझी को कहना पड़ेगा। बात यह है, महाराज ने मुझे दो वचन दिये थे। आज वह उन वचनों को पूरा करना चाहते हैं। यदि तुम उन्हें पूरा करने को तैयार हो तो मैं कहूँ।

राम ने निडर भाव से कहा– माताजी, मेरे लिये पिता की आज्ञा मानना कर्तव्य है। संसार में ऐसा कोई बल नहीं जो मुझे यह कर्तव्य-पालन करने से रोक सके। आप तनिक भी विलम्ब न करें। मैं सर आँखों पर उनकी आज्ञा का पालन करूँगा। मेरे लिये इससे अधिक और क्या सौभाग्य की बात होगी।

कैकेयी– हाँ, सुपुत्र बेटों का धर्म तो यही है। महाराज ने अब तुम्हारी जगह भरत का तिलक करने का निर्णय किया है और तुम्हें चौदह बरस के लिये वनवास दिया है। महाराज ये बातें अपने मुँह से न कह सकेंगे मगर वह जो कुछ चाहते हैं, वह मैंने तुमसे कह दिया। अब मानना तुम्हारे अधिकार में है। यह तुमने न माना तो दुनिया में राजा पर यह अभियोग लगेगा कि उन्होंने अपने वचन को पूरा न किया और तुम्हारे सिर यह कि पिता की आज्ञा न मानी।

रामचन्द्र यह आज्ञा सुनकर थोड़ी देर के लिये सहम उठे। क्या समझते थे और क्या हुआ। सारी परिस्थिति उनकी समझ में आ गयी। यदि वह चाहते तो इस आज्ञा की चिन्ता न करते। सारी अयोध्या उनके नाम पर मरती थी। किन्तु सुशील बेटे पिता की आज्ञा को ईश्वर की आज्ञा समझते हैं।

राम ने उसी समय निश्चय कर लिया कि मुझ पर चाहे जो कुछ बीते, पिता की आज्ञा मानना निश्चित है। बोले– माताजी, मेरी ओर से आप तनिक भी चिन्ता न करें। मैं आज ही अयोध्या से चला जाऊँगा। आप किसी दूत को भेजकर भरत को बुला भेजिये। मुझे उनके राजतिलक होने का लेशमात्र भी खेद नहीं है। मैं अभी माता कौशल्या से पूछ कर और सीता जी को आश्वासन देकर जंगल की राह लूँगा।

यह कहकर रामचन्द्र जी ने राजा के चरणों पर सिर झुकाया, माता कैकेयी को प्रणाम किया और कमरे से बाहर निकले। राजा दशरथ के मुँह से दुःख या खेद का एक शब्द भी न निकला। वाणी उनके अधिकार में न थी। ऐसा मालूम हो रहा था कि नसों की राह जान निकली जा रही है। जी में आता था कि राम के पैर पकड़कर रोक लूँ। अपने ऊपर क्रोध आ रहा था। कैकेयी के ऊपर क्रोध आ रहा था। ईश्वर से प्रार्थना कर रहे थे कि मुझे मृत्यु

आ जाये, इसी समय इस जीवन का अन्त हो जाये। छाती फटी जाती थी। आह! मेरा प्यारा बेटा इस तरह चला जा रहा है और मैं जबान से एक वाक्य भी नहीं निकाल सकता। कौन पिता इतना निर्दयी होगा? यह सोचते-सोचते राजा को मूर्च्छा आ गयी।

रामचन्द्र यहाँ से कौशल्या के पास पहुँचे। वे उस समय निर्धनों को अन्न और वस्त्र देने का प्रबन्ध कर रही थीं। राम को देखते ही बोलीं-क्या हुआ बेटा, राजा बाहर गये कि नहीं? अब तो देर हो रही है।

रामचन्द्र ने आवाज को सँभालकर कहा– माताजी, मामला कुछ और हो गया। महाराज ने अब भरत को राज देने का निर्णय किया है और मुझे चौदह बरस के बनवास की आज्ञा दी है। मैं आपसे आज्ञा लेने आया हूँ, आज ही अयोध्या से चला जाऊँगा।

रानी कौशल्या को मूर्च्छा-सी आ गयी। रामचन्द्र की ओर निस्तेज आँखों से देखती रह गयीं, जैसे कोई मिट्टी की मूर्ति हों।

लक्ष्मण भी वहीं खड़े थे। यह बात सुनते ही उनकी त्योरियों पर बल पड़ गये। आँखों से चिनगारियाँ निकलने लगीं। बोले– यह नहीं हो सकता। कदापि नहीं हो सकता। भरत कभी लक्ष्मण के जीते जी अयोध्या के राजा नहीं हो सकते। आप क्षत्रिय हैं। क्षत्रिय का धर्म है अपने अधिकार के लिये युद्ध करना। सारी अयोध्या, सारा कोशल आपकी ओर है। सेना आपका संकेत पाते ही आपकी ओर हो जायेगी। भरत अकेले कर ही क्या सकते हैं। यह सब रानी कैकेयी का षड्यंत्र है।

रामचन्द्र ने लक्ष्मण की ओर प्रेमपूर्ण नेत्रों से देखकर कहा– भैया, कैसी बातें करते हो! रघुकुल में जन्म लेकर पिता की आज्ञा न मानूँ तो संसार को क्या मुँह दिखाऊँगा। भाग्य में जो लिखा है; वह पूरा होकर रहेगा। उसे कौन टाल सकता है?

लक्ष्मण– भाई साहब! भाग्य की आड़ वे लोग लेते हैं जिनमें पराक्रम और साहस नहीं होता। आप क्यों भाग्य की आड़ लें? आप की भौहों के एक संकेत पर सारी अयोध्या में तूफान आ जायेगा। भाग्य साहस का दास है, उसका राजा नहीं! यदि आप मुझे आज्ञा दें तो मैं इस धनुष और बाण के बल से भाग्य को आपके चरणों में गिरा दूँ। फिर आपसे महाराज ने अपनी जिह्वा से तो कुछ कहा नहीं। क्या यह सम्भव नहीं कि रानी कैकेयी ने अपनी ओर से यह षड्यंत्र किया हो?

रानी कौशल्या ने आँसू पोंछते हुए कहा– बेटा! मुझे इस बात की तो सच्ची खुशी है कि तुम अपने योग्यतम पिता की आज्ञा मानने के लिये अपने जीवन की बलि देने को तैयार हो, किन्तु मुझे तो ऐसा प्रतीत होता है कि लक्ष्मण का विचार ठीक है। कैकेयी ने अपनी ओर से यह छल रचा है।

रामचन्द्र ने आदर के साथ कहा– माताजी, पिताजी वहीं मौजूद थे। यदि रानी कैकेयी ने उनकी इच्छा के विरुद्ध कोई बात कही होती तो क्या वह कुछ आपत्ति न करते? नहीं माताजी, धर्म से मुँह मोड़ने के लिये हीले ढूँढना मैं धर्म के विरुद्ध समझता हूँ। कैकेयी ने जो कुछ कहा है, पिताजी की स्वीकृति से कहा है। मैं उनकी आज्ञा को किसी प्रकार नहीं टाल सकता। आप मुझे अब जाने की अनुमति दें। यदि जीवित रहा तो फिर आपके चरणों की धूलि लूँगा।

कौशल्या ने रामचन्द्र का हाथ पकड़ लिया और बोली– बेटा! आखिर मेरा भी तो तुम्हारे ऊपर कुछ अधिकार है! यदि राजा ने तुम्हें वन जाने की आज्ञा दी है तो मैं तुम्हें इस आज्ञा को मानने से रोकती हूँ। यदि तुम मेरा कहना न मानोगे तो मैं अन्न-जल त्याग दूँगी और तुम्हारे ऊपर माता की हत्या का पाप लगेगा।

रामचन्द्र ने एक ठंडी साँस खींचकर कहा– माताजी, मुझे कर्तव्य के सीधे रास्ते से न हटाइये अन्यथा जहाँ मुझ पर धर्म को तोड़ने का पाप लगेगा, वहाँ आप भी इस पाप से न बच सकेंगी। मैं वन और पर्वत चाहे जहाँ रहूँ, मेरी आत्मा सदा आपके चरणों के पास उपस्थित रहेगी। आपका प्रेम बहुत रुलायेगा, आपकी प्रेममयी मूर्ति देखने के लिए आँखें बहुत रोयेंगी, पर वनवास में यह कष्ट न होते तो भाग्य मुझे वहाँ ले ही क्यों जाता। कोई लाख कहे पर मैं इस विचार को दूर नहीं कर सकता कि भाग्य ही मुझे यह खेल खिला रहा है। अन्यथा क्या कैकेयी-सी देवी मुझे वनवास देतीं!

लक्ष्मण बोले– कैकेयी को आप देवी कहें; मैं नहीं कह सकता!

रामचन्द्र ने लक्ष्मण की ओर अप्रसन्नता के भाव से देखकर कहा– लक्ष्मण, मैं जानता हूँ कि तुम्हें मेरे वनवास से बहुत दुःख हो रहा है किन्तु मैं तुम्हारे मुँह से माता कैकेयी के विषय में कोई अनादर की बात नहीं सुन सकता। कैकेयी हमारी माता हैं। तुम्हें उनका सम्मान करना चाहिए। मैं इसलिए वनवास नहीं ले रहा हूँ कि यह कैकेयी की इच्छा है, किन्तु इसलिए कि यदि मैं न जाऊँ तो महाराज का वचन झूठा होता है। दो-चार दिन में भरत आ जायेंगे, जैसा मुझसे प्रेम करते हो, वैसे ही उनसे प्रेम करना। अपने वचन या कर्म से यह कदापि न दिखाना कि तुम उनके अहित की इच्छा रखते हो, बार-बार मेरी चर्चा भी न करना अन्यथा शायद भरत को बुरा लगे।

लक्ष्मण ने क्रोध से लाल होकर कहा– भैया, बार-बार भरत का नाम न लीजिए। उनके नाम ही से मेरे शरीर में आग लग जाती है। किसी प्रकार क्रोध को रोकना चाहता हूँ किन्तु अधिकार को यों मिटते देखकर हृदय वश से बाहर हो जाता है। भरत का राज्य पर कोई अधिकार नहीं। राज्य आपका है और मेरे जीते जी कोई आपसे उसे नहीं छीन सकता। क्षत्रिय अपने अधिकार के लिये लड़ कर मर जाता है। मैं रक्त की नदी बहा दूँगा।

लक्ष्मण का क्रोध बढ़ते देखकर राम ने कहा– लक्ष्मण, होश में आओ। यह क्रोध और युद्ध का समय नहीं है। यह महाराज दशरथ के वचन निभाने की बात है। मैं इस कर्तव्य को किसी भी दशा में नहीं तोड़ सकता। मेरा वन जाना निश्चित है। कर्तव्य के मुकाबले में शारीरिक सुख का कोई मूल्य नहीं।

लक्ष्मण को जब ज्ञात हो गया कि रामचन्द्र ने जो निश्चित किया है, उससे टल नहीं सकते तो बोले– अगर आपका यही निर्णय है तो मुझे भी साथ लेते चलिये। आपके बिना मैं यहाँ एक दिन भी नहीं रह सकता। जब आप वन में घूमेंगे तो मैं इस महल में क्योंकर रह सकूँगा। आपके बिना यह राज्य मुझे श्मशान-सा लगेगा। जब से मैंने होश सँभाला, कभी आपके चरणों से विलग नहीं हुआ। अब भी उनसे लिपटा रहूँगा।

रामचन्द्र ने लक्ष्मण को प्रेमपूर्ण नेत्रों से देखा। छोटे भाई को मुझसे कितना प्रेम है! मेरे लिए जीवन के सारे सुख और आनन्द पर लात मारने के लिए तैयार है। बोले– नहीं लक्ष्मण, इस विचार को त्याग दो। भला सोचो तो, जब तुम भी मेरे साथ चले जाओगे तो माता सुमित्रा और कौशल्या किसका मुँह देखकर रहेंगी? कौन उनके दुःख के बोझ को हल्का करेगा? भरत के राजा होने पर रानी कैकेयी सफेद और काले की मालिक होंगी। सम्भव है वह हमारी माताओं को किसी प्रकार का कष्ट दें। उस समय कौन उनकी सहायता करेगा? नहीं, तुम्हारा मेरे साथ चलना उचित नहीं।

लक्ष्मण– नहीं भाई साहब! मैं आपके बिना किसी प्रकार नहीं रह सकता। भरत की ओर से इस प्रकार का भय नहीं हो सकता। वह इतना डरपोक और नीच नहीं हो सकता। रघु के वंश में ऐसा मनुष्य पैदा ही नहीं हो सकता। आपका साथ मैं किसी तरह नहीं छोड़ सकता।

रामचन्द्र ने बहुत समझाया किन्तु जब लक्ष्मण किसी तरह न माने तो उन्होंने कहा– अच्छा, यदि तुम नहीं मानते तो मैं तुम्हारे साथ अत्याचार नहीं कर सकता। किन्तु पहले जाकर सुमित्रा से पूछ आओ।

लक्ष्मण ने सुमित्रा से वन जाने की अनुमति माँगी तो उन्होंने उसे हृदय से लगाकर कहा– शौक से वन जाओ बेटा! मैं तुम्हें खुशी से आज्ञा देती हूँ। दुःख में भाई ही भाई के काम आता है। राम से तुम्हें जितना प्रेम है, उसकी माँग यही है कि तुम इस कठिन समय में उनका साथ दो। मैं सदा तुम्हें आशीर्वाद देती रहूँगी।

इसी समय में सीता जी को भी रामचन्द्र के वनवास का समाचार मिला। वह अच्छे-अच्छे आभूषणों से सज्जित होकर राजतिलक के लिए तैयार थीं। एकाएक यह दुःखद समाचार मिला और मालूम हुआ कि राम अकेले जाना चाहते हैं तो दौड़ी हुई आकर उनके चरणों पर गिर पड़ी और बोलीं-स्वामी, आप वन जाते हैं तो मैं यहाँ अकेले कैसे रहूँगी। मुझे भी साथ चलने की अनुमति दीजिये। आपके बिना मुझे यह महल फाड़ खायेगा, फूलों की सेज काँटों की तरह गड़ेगी। आपके साथ जंगल भी मेरे लिए बाग है, आपके बिना बाग भी जंगल है।

कौशल्या ने सीता को गले से लगाकर कहा– बेटी ! तुम भी चली जाओगी तो मैं किसका मुँह देखकर जिऊँगी। फिर तो घर ही सूना हो जायेगा। सोचती थी कि तुम्हीं को देखकर मन में संतोष करूँगी। किन्तु अब तुम भी वन जाने को प्रस्तुत हो। ईश्वर! अब कौन-सा दुःख दिखाना चाहते हो? क्यों इस अभागिन को नहीं उठा लेते?

रामचन्द्र को यह विचार भी न हुआ कि सीता जी उनके साथ चलने को तैयार होंगी। समझाते हुए बोले-सीता, इस विचार का त्याग कर दो। जंगल में बड़ी-बड़ी कठिनाइयाँ हैं। पग-पग पर जन्तुओं का भय, जंगल के डरावने आदमियों से वास्ता, रास्ता काँटों और कंकड़ों से भरा हुआ-भला तुम्हारा कोमल शरीर यह कठिनाइयाँ कैसे झेल सकेगा? पत्थर की चट्टानों पर तुम कैसे सोओगी? पहाड़ों का पानी ऐसा खराब होता है कि तरह-तरह की बीमारियाँ पैदा हो जाती हैं। तुम इन तकलीफों को कैसे बर्दाश्त कर सकोगी?

सीता आँखों में आँसू भरकर बोलीं– स्वामी! जब आप मेरे साथ होंगे तो मुझे किसी बात का भय न होगा। वह खुशी सारी तकलीफों को मिटा देगी। यह कैसे हो सकता है कि आप जंगलों में तरह-तरह की कठिनाइयाँ झेलें और मैं राजमहल में आराम से सोऊँ। स्त्री का धर्म अपने पति का साथ देना है, वह दुःख और सुख, हर दशा में उसकी संगिनी रहती है। यही उसका सबसे बड़ा कर्तव्य है। यदि आप सैर और मनबहलाव के लिए जाते होते तो मैं आपके साथ जाने के लिए अधिक आग्रह न करती। किन्तु यह जानकर कि आपको हर तरह का कष्ट होगा, मैं किसी तरह नहीं रुक सकती। मैं आपके रास्ते से काँटे चुनूँगी, आपके लिए घास और पत्तों की सेज बनाऊँगी, आप सोयेंगे तो आपको पंखा झलूँगी। इससे बढ़कर किसी स्त्री को और क्या सुख हो सकता है?

रामचन्द्र निरुत्तर हो गये। उसी समय तीनों आदमियों ने राजसी पोशाकें उतार दीं और भिक्षुकों का-सा सादा कपड़ा पहनकर कौशल्या से आकर बोले-माताजी! अब हमको चलने की अनुमति दीजिये।

कौशल्या फूट-फूटकर रोने लगीं-बेटा, किस मुँह से जाने को कहूँ! मन को किसी प्रकार संतोष नहीं होता। धर्म का प्रश्न है, रोक भी नहीं सकती। जाओ ! मेरा आशीर्वाद सदा तुम्हारे साथ रहेगा। जिस तरह पीठ दिखाते हो, उसी तरह मुँह भी दिखाना। यह कहते-कहते कौशल्या रानी दुःख से मूर्च्छा खाकर गिर पड़ीं। यहाँ से तीनों आदमी सुमित्रा के पास गये और उनके चरणों पर सिर झुकाकर रानी कैकेयी के कोपभवन में महाराज दशरथ से विदा लेने गये। राजा मृतक शरीर के समान निष्प्राण और निःस्पंद पड़े थे। तीनों आदमियों ने बारी-बारी से उनके चरणों पर सिर झुकाया। तब राम बोले-महाराज ! मैं तो अकेला ही जाना चाहता था किन्तु लक्ष्मण और जानकी किसी प्रकार मेरा साथ नहीं छोड़ते, इसलिए इन्हें भी लिये जाता हूँ। हमें आशीर्वाद दीजिये।

यह कहकर जब तीनों आदमी वहाँ से चले तो राजा दशरथ ने जोर से रोकर कहा– हाय राम! तुम कहाँ चले? उन पर एक पागलपन की सी दशा आ गयी। भले और बुरे का विचार न रहा। दौड़े कि राम को पकड़कर रोक लें किन्तु मूर्च्छा खाकर गिर पड़े। रात ही भर में उनकी दशा ऐसी खराब हो गयी थी कि मानो बरसों के रोगी हैं।

अयोध्या में यह खबर मशहूर हो गयी थी। लाखों आदमी राजभवन के दरवाजों पर एकत्रित हो गये थे। जब ये तीनों आदमी भिक्षुकों के वेश में रनिवास से निकले तो सारी प्रजा फूट-फूटकर रोने लगी। सब हाथ जोड़-जोड़कर कहते थे, महाराज! आप न जायें। हम चलकर महारानी कैकेयी के चरणों पर सिर झुकायेंगे, महाराज से प्रार्थना करेंगे। आप न जायें। हाय ! अब कौन हमारे साथ हमदर्दी करेगा, हम किससे अपना दुःख कहेंगे, कौन हमारी सुनेगा, हम तो कहीं के न रहे।

रामचन्द्र ने सबको समझाकर कहा– दुःख में धैर्य के सिवा और कोई चारा नहीं। यही आपसे मेरी विनती है। मैं सदा आप लोगों को याद करता रहूँगा।

राजा ने सुमन्त्र को पहले ही से बुलाकर कह दिया था कि जिस प्रकार हो सके, राम, सीता और लक्ष्मण को वापस लाना।

सुमन्त्र रथ तैयार किये खड़ा था। रामचन्द्र ने पहले सीता जी को रथ पर बैठाया, फिर दोनों भाई बैठे और सुमन्त्र को रथ चलाने का आदेश दिया। हजारों आदमी रथ के पीछे दौड़े और बहुत समझाने पर भी रथ का पीछा न छोड़ा। आखिर शाम को जब लोग तमसा नदी के किनारे पहुँचे तो राम ने उन्हें दिलासा देकर विदा किया।

इधर अयोध्या में कुहराम मचा हुआ था। मालूम होता था सारा शहर उजाड़ हो गया है। जहाँ कल सारा शहर दीपकों से जगमगा रहा था, वहाँ आज अँधेरा छाया हुआ था। सुबह जहाँ मंगलगीत हो रहे थे, वहाँ इस समय हर घर से रोने की आवाजें आती थीं। दुकानें बन्द थीं। जहाँ दो आदमी मिल जाते, यही चर्चा होने लगती। बेटा हो तो ऐसा हो ! पिता की आज्ञा पाते ही राज-पाट पर लात मार दी। संसार में ऐसा कौन होगा। बड़े-बड़े राजा एक बालिश्त जमीन के लिए लड़ते मरते हैं। भाई भी हो तो ऐसा हो। सबसे अधिक प्रशंसा सीता जी की हो रही थी। पुरुषों के लिए जंगल की कठिनाइयाँ सहना कोई असाधारण बात नहीं, स्त्री के लिए असाधारण बात थी। सती स्त्रियाँ ऐसी होती हैं। जिसने कभी पृथ्वी पर पाँव नहीं रखा, वह जंगल में चलने के लिए तैयार हो गयी। सच है, कुसमय में ही स्त्री और मित्र की परख होती है।

उधर रनिवास शोकगृह बना हुआ था। किसी को तन-बदन की सुध न थी।

राजा दशरथ की मृत्यु

तमसा नदी को पार करके पहर रात जाते-जाते रामचन्द्र गंगा के किनारे जा पहुँचे। वहाँ भील सरदार गुह का राज्य था। रामचन्द्र के आने का समाचार पाते ही उसने आकर प्रणाम किया। रामचन्द्र ने उसकी नीच जाति की तनिक भी चिन्ता न करके उसे हृदय से लगा लिया और कुशल-क्षेम पूछा। गुह सरदार बाग़-बाग़ हो गया-कोशल के राजकुमार ने उसे हृदय से लगा लिया! इतना बड़ा सम्मान उसके वंश में और किसी को न मिला था। हाथ जोड़कर बोला-आप इस निर्धन की कुटिया को अपने चरणों से पवित्र कीजिये। इस घर के भी भाग्य जागें। जब मैं आपका सेवक यहाँ उपस्थित हूँ तो आप यहाँ क्यों कष्ट उठायेंगे।

रामचन्द्र ने गुह का निमन्त्रण स्वीकार न किया। जिसे वनवास की आज्ञा मिली हो, वह नगर में किस प्रकार रहता। वहीं एक पेड़ के नीचे रात बितायी। दूसरे दिन प्रातःकाल रामचन्द्र ने सुमन्त्र से कहा-अब तुम लौट जाओ, हम लोग यहाँ से पैदल जायेंगे। माताजी से कह देना कि हम लोग कुशल से हैं, घबराने की कोई बात नहीं।

सुमन्त्र ने रोकर कहा– महाराज दशरथ ने तो मुझे आप लोगों को वापस लाने का आदेश दिया था। खाली रथ देखकर उनकी क्या दशा होगी! राम ने सुमन्त्र को समझा बुझाकर विदा किया। सुमन्त्र रोते हुए अयोध्या लौटे। किन्तु जब वह नगर के निकट पहुँचे तो दिन बहुत शेष था। उन्हें भय हुआ कि यदि इसी समय अयोध्या चला जाऊँगा तो नगर के लोग हजारों प्रश्न पूछ-पूछकर परेशान कर देंगे। इसलिये वह नगर के बाहर रुके रहे। जब संध्या हुई तो अयोध्या में प्रविष्ट हुए।

इधर राजा दशरथ इस प्रतीक्षा में बैठे थे कि शायद सुमन्त्र राम को लौटा लाये। आशा का इतना सहारा शेष था। कैकेयी से रुष्ट होकर वह कौशल्या के महल में चले गये थे और बार-बार पूछ रहे थे कि सुमन्त्र अभी लौटा या नहीं। दीपक जल गये, अभी सुमन्त्र नहीं आया। महाराज की विकलता बढ़ने लगी। आखिर सुमन्त्र राजमहल में प्रविष्ट हुए। दशरथ उन्हें देखकर दौड़े और द्वार पर आकर पूछा-राम कहाँ हैं ? क्या उन्हें वापस नहीं लाये? सुमन्त्र कुछ बोल न सके पर उनका चेहरा देखकर महाराज की अन्तिम आशा का तार टूट गया। वह वहीं मूर्च्छा खाकर गिर पड़े और हाय राम! हाय राम! कहते हुए संसार से विदा हो गये। मरने से पहले उन्हें उस अन्धे तपस्वी की याद आयी जिसके बेटे को आज से बहुत दिन पहले उन्होंने मार डाला था। वह जिस प्रकार बेटे के लिये तड़प-तड़पकर मर गया, उसी प्रकार महाराज दशरथ भी लड़कों के वियोग में तड़पकर परलोक सिधारे। उनके शाप ने आज प्रभाव दिखाया।

रनिवास में शोक छा गया। कौशल्या महाराज के मृत शरीर को गोद में लेकर विलाप करने लगीं। उसी समय कैकेयी भी आ गयी। कौशल्या उसे देखते ही क्रोध से बोलीं- अब तो तुम्हारा कलेजा ठंडा हुआ! अब खुशियाँ मनाओ। अयोध्या के राज का सुख लूटो। यही चाहती थीं न? लो, कामनाएँ फलीभूत हुईं। अब कोई तुम्हारे राज में हस्तक्षेप करने वाला नहीं रहा। मैं भी कुछ घड़ियों की मेहमान हूँ; लड़का और बहू पहले ही चले गये। अब स्वामी ने भी साथ छोड़ दिया। जीवन में मेरे लिए क्या रखा है। पति के साथ सती हो जाऊँगी।

कैकेयी चित्रलिखित-सी खड़ी रही। दासियों ने कौशल्या की गोद से महाराज का मृत शरीर अलग किया और कौशल्या को दूसरी जगह ले

जाकर आश्वासन देने लगीं। दरबार के धनी-मानियों को ज्यों ही खबर लगी, सब-के-सब घबराये हुये आये और रानियों को धैर्य बँधाने लगे। इसके उपरान्त महाराज के मृत शरीर को तेल में डुबाया गया जिससे वह सड़ न जाये और भरत को बुलाने के लिए एक विश्वासी दूत प्रेषित किया गया। उनके अतिरिक्त अब क्रिया-कर्म और कौन करता?

भरत की वापसी

जिस दिन महाराज दशरथ की मृत्यु हुई, उसी दिन रात को भरत ने कई डरावने स्वप्न देखे। उन्हें बड़ी चिन्ता हुई कि ऐसे बुरे स्वप्न क्यों दिखायी दे रहे हैं। न जाने लोग अयोध्या में कुशल से हैं या नहीं। नाना से जाने की अनुमति माँगी पर उन्होंने दो-चार दिन और रहने के लिए आग्रह किया-आखिर जल्दी क्या है। कश्मीर की खूब सैर कर लो, तब जाना। अयोध्या में यह हृदय को हरने वाले प्राकृतिक सौन्दर्य कहाँ मिलेंगे। विवश होकर भरत को रुकना पड़ा। इसके तीसरे दिन दूत पहुँचा। उसे भली प्रकार चेता दिया गया था कि भरत से अयोध्या की दशा का वर्णन न करना, इसलिए जब भरत ने दूत से पूछा-क्यों भाई, अयोध्या में सब कुशल है न? तो उसने कोई खास जवाब न देकर व्यंग्य से कहा-आप जिनकी कुशल पूछते हैं, वे कुशल से हैं। दूत भी हृदय से भरत से असन्तुष्ट था।

भरत जी को क्या खबर कि दूत इस एक वाक्य में क्या कह गया। उन्होंने नाना और मामा से आज्ञा ली और उसी दिन शत्रुघ्न के साथ अयोध्या के लिये प्रस्थान किया। रथ के घोड़े हवा से बातें करने वाले थे। तीसरे ही दिन वह अयोध्या में प्रविष्ट हुए। किन्तु यह नगर पर उदासी क्यों छायी हुई

है ? नगर श्री-हीन सा क्यों हो रहा है ? गलियों में धूल क्यों उड़ रही है? बाजार क्यों बन्द हैं ? रास्ते में जो भरत को देखता था, बिना इनसे कुछ बातचीत किये, बिना कुशल-क्षेम पूछे या प्रणाम किये कतरा कर निकल जाता था। उनके आगे बढ़ आने पर लोग कानाफूसी करने लगते थे। भरत की समझ में कुछ न आता था कि भेद क्या है। कोई उनकी ओर आकृष्ट भी न होता था कि उससे कुछ पूछें। राजमहल तक पहुँचना उनके लिए कठिन हो गया। राजमहल पहुँचे तो उसकी दशा और भी हीन थी। मालूम होता था कि उसकी जान निकल गयी है, केवल मृत शरीर शेष है। खिन्नता विराज रही थी। कई दिन से दरवाजे पर झाड़ तक न दी गयी थी। दो-चार सन्तरी खड़े जम्हाइयाँ ले रहे थे। वह भी भरत को देखकर एक कोने में दुबक गये जैसे उनकी सूरत भी नहीं देखना चाहते।

द्वार पर पहुँचते ही भरत और शत्रुघ्न ने रथ से कूदकर अंदर प्रवेश किया। महाराज अपने कमरे में न थे। भरत ने समझा, अवश्य कैकेयी माता के प्रासाद में होंगे। वह प्रायः कैकेयी ही के प्रासाद में रहते थे। लपके हुए माता के पास गये। महाराज का वहाँ भी पता न था। कैकेयी विधवाओं के-से वस्त्र पहने खड़ी थी। भरत को देखते ही वह फूली न समायी। आकर भरत को गले से लगा लिया और बोली-जीते रहो बेटा। रास्तें में कोई कष्ट तो नहीं हुआ ?

भरत ने माता की ओर आश्चर्य से देखकर कहा-जी नहीं, बड़े आराम से आया। महाराज कहाँ हैं? तनिक उन्हें प्रणाम तो कर लूँ।

कैकेयी ने ठंडी आह खींचकर कहा-बेटा, उनकी बात क्या पूछते हो। उन्हें परलोक सिधारे तो आज एक सप्ताह हो गया। क्या तुमसे अभी तक किसी ने नहीं कहा?

भरत के सिर पर जैसे शोक का पहाड़ टूट पड़ा। सिर में चक्कर-सा आने लगा। वह खड़े न रह सके। भूमि पर बैठकर रोने लगे। जब तनिक जी सँभला तो बोले-उन्हें क्या हुआ था माताजी? क्या बीमारी थी? हाय! मुझ अभागे को उनके अन्तिम दर्शन भी प्राप्त न हुए।

कैकेयी ने सिर झुकाकर कहा– बीमारी तो कुछ नहीं थी बेटा। राम, लक्ष्मण और सीता के वनवास के शोक से उनकी मृत्यु हुई। राम पर तो वह जान देते थे।

भरत की रही-सही जान भी नहों में समा गयी। सिर पीटकर बोले- भाई रामचन्द्र ने ऐसा कौन-सा पाप किया था माताजी कि उनको वनवास का दण्ड दिया गया? क्या उन्होंने किसी ब्राह्मण की हत्या की थी या किसी पर-स्त्री पर बुरी दृष्टि डाली थी? धर्म के अवतार रामचन्द्र को देश निकाला क्यों हुआ ?

कैकेयी ने सारी कथा खूब विस्तार से वर्णन की और मन्थरा को खूब सराहा। जो कुछ हुआ, उसी की सहायता से हुआ। यदि उसकी सहायता न होती तो मेरे किये कुछ न हो सकता और रामचन्द्र का राजतिलक हो जाता। फिर तुम और मैं कहीं के न रहते। दासों की भाँति जीवन व्यतीत करना पड़ता। इसी ने मुझे राजा के दिये हुए दो वरदानों की याद दिलायी और मैंने दोनों वरदान पूरे कराये। पहला था रामचन्द्र का वनवास-वह पूरा हो गया। अकेले राम ही नहीं गये, लक्ष्मण और सीता भी उनके साथ गये। दूसरा वरदान शेष है। वह कल पूरा हो जायेगा। तुम्हें सिंहासन मिलेगा।

कैकेयी ने दिल में समझा था कि उसकी कार्यपटुता का वर्णन सुनकर भरत उसके बहुत कृतज्ञ होंगे पर बात कुछ और ही हुई। भरत की त्योंरियों पर बल पड़ गये और आँखें क्रोध से लाल हो गयीं। कैकेयी की ओर घृणापूर्ण

नेत्रों से देखकर बोले-माता! तुमने मुझे संसार में कहीं मुँह दिखाने के योग्य न रखा। तुमने जो काम मेरी भलाई के लिए किया, वह मेरे नाम पर सदा के लिए काला धब्बा लगा देगा। दुनिया यही कहेगी कि इस मामले में भरत का अवश्य षड्यंत्र होगा। अब मेरी समझ में आया कि क्यों अयोध्या के लोग मुझे देखकर मुँह फेर लेते थे, यहाँ तक कि द्वारपालों ने भी मेरी ओर ध्यान देना उचित न समझा। क्या तुमने मुझे इतना नीच समझ लिया कि मैं रामचन्द्र का अधिकार छीनकर प्रसन्नता से राज करूँगा ? रघुकुल में ऐसा कभी नहीं हुआ। इस वंश का सदा से यही सिद्धान्त रहा है कि बड़ा लड़का गद्दी पर बैठे। क्या यह बात तुम्हें ज्ञात न थी ? हाय! तुमने रामचन्द्र जैसे देवता-तुल्य पुरुष को वनवास दिया जिसके जूतों का बन्धन खोलने योग्य भी मैं नहीं। माता मुझे तुम्हारा आदर करना चाहिये किन्तु जब तुम्हारे कार्यों को देखता हूँ तो अपने आप कड़े शब्द मुँह से निकल आते हैं। तुमने इस वंश का मटियामेट कर दिया। हरिश्चन्द्र और मान्धाता के वंश की प्रतिष्ठा धूल में मिला दी। तुम्हीं ने मेरे सत्यवादी पिता की जान ली। तुम हत्यारिन हो। यह राजपाट तुम्हें शुभ हो। भरत इसकी ओर आँख उठाकर भी न देखेगा।

यह कहते हुए भरत रानी कौशल्या के पास गये और उनके चरणों पर सिर रख दिया। कौशल्या को क्या मालूम था कि उसी समय भरत कैकेयी को कितना भला-बुरा कह आये हैं। बोलीं-तुम आ गये बेटा ! लो, तुम्हारी माता की आशाएँ पूर्ण हुईं। तुम उन्हें लेकर आनन्द से राज्य करो, मुझे राम के पास पहुँचा दो। मैं अब यहाँ रहकर क्या करूँगी ?

ये शब्द भरत के सीने में तीर के समान लगे। आह ! माता कौशल्या भी मेरी ओर से असन्तुष्ट हैं ! रोते हुए बोले- माताजी, मैं आपसे सच कहता हूँ कि

यहाँ जो कुछ हुआ है उसका मुझे लेशमात्र भी ज्ञान न था। माता कैकेयी ने जो कुछ किया, उसका फल उनके आगे आयेगा। मैं उन्हें क्या कहूँ। किन्तु मैं इसका विश्वास दिलाता हूँ कि मैं राज्य न करूँगा। राज्य रामचन्द्र का है और वही इसके स्वामी हैं। मैं उनका सेवक हूँ। क्रियाकर्म से निवृत्त होते ही जाकर रामचन्द्र को मना लाऊँगा। मुझे आशा है कि वे मेरी विनती मान जायेंगे। मैंने पूर्व जन्म में न जाने ऐसा कौन-सा पाप किया था कि यह कलंक मेरे माथे पर लगा। मुझसे अधिक भाग्यहीन संसार में और कौन होगा जिसके कारण पिताजी की मृत्यु हुई, रामचन्द्र वन गये और सारे देश में जगहँसाई हुई।

देवी कौशल्या के हृदय से सारा मालिन्य दूर हो गया। उन्होंने भरत को हृदय से लगा लिया और रोने लगीं।

मन्थरा उस समय किसी काम से बाहर गयी हुई थी। उसे ज्यों ही ज्ञात हुआ कि भरत आये हैं, उसने सिर से पाँव तक गहने पहने, एक रेशमी साड़ी धारण की और छमछम करती कूबड़ हिलाती अपनी आदर्श सेवाओं का पुरस्कार लेने के लिए आकर भरत के सामने खड़ी हो गयी। भरत ने तो उसे देखकर मुँह फेर लिया किन्तु शत्रुघ्न अपने क्रोध को रोक न सके। उन्होंने लपक कर मन्थरा के बाल पकड़ लिये और कई लात और घूसे जमाये। मन्थरा हाय ! हाय ! करने लगी और महारानी कैकेयी की दुहाई देने लगी। अन्त में भरत ने उसे शत्रुघ्न के हाथ से छुड़ाया और वहाँ से भगा दिया।

जब भरत महाराजा दशरथ के क्रियाकर्म से निवृत्त हुए तो गुरु वशिष्ठ, नगर के धनीमानी, दरबार के सभासदों ने उन्हें गद्दी पर बिठाना चाहा, भरत किसी तरह तैयार न हुए। बोले-आप लोग ऐसा काम करने के लिए मुझे

विवश न करें जो मेरा लोक और परलोक दोनों मिट्टी में मिला देगा। भाई रामचन्द्र के रहते यह असम्भव है कि मैं राज्य का विचार भी मन में लाऊँ। मैं उन्हें जाकर मना लाऊँगा और यदि वह न आयेंगे तो मैं भी घर से निकल जाऊँगा। यही मेरा अन्तिम निर्णय है।

लोगों के दिल भरत की ओर से साफ हो गये। सब उनकी नेकनीयती की प्रशंसा करने लगे। यह बड़े बाप का सपूत बेटा है। भाई हो तो ऐसा हो। क्यों न हो, ऐसे नेक और धर्मात्मा लोग न होते तो संसार कैसे स्थिर रहता !

दूसरे दिन भरत अपनी तीनों माताओं को लेकर राम को मनाने चले। गुरु वशिष्ठ और नगर के विशिष्ट जन उनके साथ-साथ चले।

चित्रकूट

राम, लक्ष्मण और सीता गंगा नदी पार करके चले जा रहे थे। अनजान रास्ता, दोनों ओर जंगल, बस्ती का कहीं पता नहीं। इस प्रकार वे प्रयाग पहुँचे। प्रयाग में भरद्वाज मुनि का आश्रम था। तीनों आदमियों ने त्रिवेणी स्नान करके भरद्वाज के आश्रम में विश्राम किया और रात को उनके उपदेश सुनकर प्रातः उनके परामर्श से चित्रकूट के लिए प्रस्थान किया। कुछ दूर चलने के बाद यमुना नदी मिली। उस समय वह भाग बहुत आबाद न था। यमुना को पार करने के लिए कोई नाव न मिल सकी। अब क्या हो? अन्त में लक्ष्मण को एक उपाय सूझा। उन्होंने इधर-उधर से लकड़ी की टहनियाँ जमा कीं और उन्हें

छाल के रेशों से बाँधकर एक तख्ता-सा बना लिया। इस तख्ते पर हरी-हरी पत्तियाँ बिछा दीं और उसे पानी में डाल दिया। इस पर तीनों आदमी बैठ गये। लक्ष्मण ने इस तख्ते को खेकर दम के दम में यमुना नदी पार कर ली।

नदी के उस पार पहाड़ी जमीन थी। पहाड़ियाँ हरी-हरी झाड़ियों से लहरा रही थीं। पेड़ों पर मोर, तोते इत्यादि पक्षी चहक रहे थे। हिरनों के झुण्ड घाटियों में चरते दिखायी देते थे। हवा इतनी स्वच्छ और स्वास्थ्यकारक थी कि आत्मा को ताजगी मिल रही थी। इस हृदयग्राही दृश्य का आनन्द उठाते तीनों आदमी चित्रकूट जा पहुँचे। वाल्मीकि ऋषि का आश्रम वहीं एक पहाड़ी पर था। तीनों आदमियों ने पहले उसका दर्शन उचित समझकर उनके आश्रम की ओर प्रस्थान किया। वाल्मीकि ने उन्हें देखा तो बड़े तपाक से गले लगा लिया और रास्ते का कुशल समाचार पूछा। उन्होंने योग के बल से उनके चित्रकूट आने का कारण जान लिया था। बतलाने की आवश्यकता न पड़ी। बोले-आप लोग खूब आये। आपको देखकर बड़ी प्रसन्नता हुई। आप लोगों पर जो कुछ बीता है, वह मुझे मालूम है। जीवन सुख और दुःख के मेल का ही नाम है। मनुष्य को चाहिये कि धैर्य से काम ले।

राम ने कहा-आशीर्वाद दीजिये कि हमारे वनवास के दिन कुशल से बीतें।

वाल्मीकि ने उत्तर दिया– राजकुमार, मेरे एक-एक रोम से तुम्हारे लिए आशीर्वाद निकल रहा है। तुमने जिस त्याग से काम लिया है, उसका उदाहरण इतिहास में कहीं नहीं मिलता। धन्य है वह माता जिसने तुम जैसा सपूत पैदा किया। चित्रकूट तुम्हारे लिये बहुत उत्तम स्थान है। हमारी कुटी में पर्याप्त स्थान है। हम सब आराम से रहेंगे।

रामचन्द्र को भी चित्रकूट बहुत पसन्द आया। वहीं रहने का निश्चय किया। किन्तु यह उचित न समझा कि ऋषि वाल्मीकि के छोटे से आश्रम में रहें। इनके रहने से ऋषि को अवश्य कष्ट होगा, चाहे वह संकोच के कारण मुँह से कुछ न कहें। अलग एक कुटी बनाने का विचार हुआ। लक्ष्मण को आज्ञा मिलने की देर थी। जंगल से लकड़ी काट लाये और शाम तक एक सुन्दर आरामदेह कुटी तैयार कर दी। इसमें खिड़कियाँ भी थीं, ताक भी थे, सोने के अलग-अलग कमरे भी थे। राम ने यह कुटी देखी तो बहुत प्रसन्न हुए। गृहप्रवेश की रीति के अनुसार देवताओं की पूजा की और कुटी में रहने लगे।

अध्याय-3

भरत और रामचन्द्र

इधर भरत अयोध्यावासियों के साथ राम को मनाने के लिए जा रहे थे। जब वह गंगा नदी के किनारे पहुँचे तो भील सरदार गुह को उनकी सेना देखकर सन्देह हुआ कि शायद यह रामचन्द्र पर आक्रमण करने जा रहे हैं। तुरन्त अपने आदमियों को एकत्रित करने लगा। किन्तु बाद को जब भरत का विचार ज्ञात हुआ तो उनके सामने आया और अपने घर चलने का निमन्त्रण दिया। भरत ने कहा-जब रामचन्द्र ने बस्ती के बाहर पेड़ के नीचे रात बितायी तो मैं बस्ती में कैसे जाऊँ? बताओ, सीता और रामचन्द्र कहाँ सोये थे ? तब गुह ने उन्हें वह जगह दिखायी तो भरत अपने आप रो पड़े-हाय!, वह जिन्हें महलों में नींद नहीं आती थी, आज भूमि पर पेड़ के नीचे सो रहे हैं! यह दिनों का फेर है। मुझ अभागे के कारण इन्हें यह सारे कष्ट हो रहे हैं। इन घास के कड़े टुकड़ों से कोमलांगी सीता का शरीर छिल गया होगा। रामचन्द्र को मच्छरों ने रात भर कष्ट दिया होगा। नींद न आयी होगी। लक्ष्मण ने जंगली जानवरों के भय से सारी रात पहरा देकर काटी होगी और मैं अभी तक राजसी पोशाक पहने हूँ। मुझे हजार बार धिक्कार है !

यह कहकर भरत ने उसी समय राजसी पोशाक उतार फेंकी और साधुओं का-सा वेश धारण किया। फिर उसी पेड़ के नीचे, उसी घास-फूस के बिछावन पर रातभर पड़ रहे। उस दिन से चौदह साल तक भरत ने साधु जीवन व्यतीत किया।

दूसरे दिन भरत भरद्वाज मुनि के आश्रम में पहुँचे। वहाँ पता लगाने पर ज्ञात हुआ कि रामचन्द्र चित्रकूट की ओर गये हैं। रातभर वहाँ ठहरकर भरत सबेरे चित्रकूट रवाना हो गये।

सन्ध्या का समय था। रामचन्द्र और सीता एक चट्टान पर बैठे हुए सूर्यास्त का दृश्य देख रहे थे और लक्ष्मण तनिक दूर धनुष और बाण लिये खड़े थे।

सीता ने पेड़ों की ओर देखकर कहा-ऐसा प्रतीत होता है कि इन पेड़ों ने सुनहरी चादर ओढ़ ली है।

राम– पहाड़ियों की ऊदी रंग की ओस से लदी हुई चादर कितनी सुन्दर मालूम होती है। प्रकृति सोने का सामान कर रही है।

सीता– नीचे की घाटियों ने काली चादर से मुँह ढाँक लिया।

राम– और पवन को देखो, जैसे कोई नागिन लहराती हुई चली जाती हो।

सीता– केतकी के फूलों से कैसी सुगन्ध आ रही है।

लक्ष्मण खड़े-खड़े एकाएक चौंककर बोले– भैया, वह सामने धूल कैसी उड़ रही है? सारा आसमान धूल से भर गया।

राम– कोई चरवाहा भेड़ों का गल्ला लिए चला जाता होगा।

लक्ष्मण– नहीं भाई साहब, कोई सेना है। घोड़े साफ दिखायी दे रहे हैं। वह लो, रथ भी दिखायी देने लगे।

रामचन्द्र– शायद कोई राजकुमार आखेट के लिए निकला हो।

लक्ष्मण– सबके सब इधर ही चले आते हैं।

यह कहकर लक्ष्मण एक ऊँचे पेड़ पर चढ़ गये और भरत की सेना को ध्यान से देखने लगे। रामचन्द्र ने पूछा-कुछ साफ दिखायी देता है?

लक्ष्मण– जी हाँ, सब साफ दिखायी दे रहा है। आप धनुष और बाण लेकर तैयार हो जाएँ। मुझे ऐसा मालूम हो रहा है कि भरत सेना लेकर हमारे ऊपर आक्रमण करने चले आ रहे हैं। इन डालों के बीच से भरत के रथ की झण्डी साफ दिखायी दे रही है। भली प्रकार पहचानता हूँ, भरत ही का रथ है। वही सुरंग घोड़े हैं। उन्हें अयोध्या का राज्य पाकर अभी संतोष नहीं हुआ। आज सारे झगड़े का अन्त ही कर दूँगा।

रामचन्द्र– नहीं लक्ष्मण, भरत पर सन्देह न करो। भरत इतना स्वार्थी, इतना संकोचहीन नहीं है। मुझे विश्वास है कि वह हमें वापस ले चलने आ रहा है। भरत ने हमारे साथ कभी बुराई नहीं की।

लक्ष्मण– उन्हें बुराई करने का अवसर ही कब मिला जो उन्होंने छोड़ दिया? आप अपने हृदय की तरह औरों का हृदय भी निर्मल समझते हैं। किन्तु मैं आपसे कहे देता हूँ कि भरत विश्वासघात करेंगे। वह यहाँ इसी उद्देश्य से आ रहे हैं कि हम लोगों को मार कर अपना रास्ता सदैव के लिए साफ कर लें।

रामचन्द्र– मुझे जीते जी भरत की ओर से ऐसा विश्वास नहीं हो सकता। यदि तुम्हें भरत का राजगद्दी पर बैठना बुरा लगता हो तो मैं उनसे कहकर तुम्हें राज्य दिला सकता हूँ। मुझे विश्वास है कि भरत मेरा कहना न टालेंगे।

लक्ष्मण ने लज्जित होकर सिर झुका लिया। रामचन्द्र का व्यंग्य उन्हें बुरा मालूम हुआ। पर मुँह से कुछ बोले नहीं। उधर भरत को ज्यों-ही ऋषियों की कुटियाँ दिखायी देने लगीं, वह रथ से उतर पड़े और नंगे पाँव रामचन्द्र

से मिलने चले। शत्रुघ्न और सुमन्त्र भी उनके साथ थे। कई कुटियों के बाद रामचन्द्र की कुटी दिखायी दी। रामचन्द्र कुटी के सामने एक पत्थर की चट्टान पर बैठे थे। उन्हें देखते ही भरत भैया! भैया! कहते हुए बच्चों की तरह रोते दौड़े और रामचन्द्र के पैरों पर गिर पड़े। रामचन्द्र ने भरत को उठा कर छाती से लगा लिया। शत्रुघ्न ने भी आगे बढ़कर रामचन्द्र के चरणों पर सिर झुकाया। चारों भाई गले मिले। इतने में कौशल्या, सुमित्रा, कैकेयी भी पहुँच गयीं। रामचन्द्र ने सबको प्रणाम किया। सीता जी ने भी सासों के पैरों को आँचल से छुआ। सासों ने उन्हें गले से लगाया किन्तु किसी के मुँह से कोई शब्द न निकलता था। सबके गले भरे हुए थे और आँखों में आँसू थे। वनवासियों का यह साधुओं का-सा वेश देखकर सबका हृदय विदीर्ण हुआ जाता था। कैसी विवशता है ! कौशल्या सीता को देखकर अपने आप रो पड़ी। वह बहू जिसे वह पान की तरह फेरा करती थीं, भिखारिनी बनी हुई खड़ी है। समझाने लगीं-बेटी, अब भी मेरा कहना मानो। यहाँ तुम्हें बड़े-बड़े कष्ट होंगे। इतने ही दिनों में सूरत बदल गयी है। बिलकुल पहचानी नहीं जाती। मेरे साथ लौट चलो।

सीता ने कहा– अम्मा जी, जब मेरे स्वामी वन-वन फिरते रहें तो मुझे अयोध्या ही नहीं, स्वर्ग में भी सुख नहीं मिलेगा। स्त्री का धर्म पुरुष के साथ रहकर उसके दुःख-सुख में भाग लेना है। पुरुष को दुःख में छोड़कर जो स्त्री सुख की इच्छा करती है, वह अपने कर्तव्य से मुँह मोड़ती है। पानी के बिना नदी की जो दशा होती है, वही दशा पति के बिना स्त्री की होती है।

कौशल्या को सीता की बातों से प्रसन्नता भी हुई और दुःख भी हुआ। दुःख तो यह हुआ कि यह सुख और ऐश्वर्य में पली हुई लड़की यों विपत्ति में जीवन के दिन काट रही है। प्रसन्नता यह हुई कि उसके विचार इतने ऊँचे और

पवित्र हैं। बोलीं– धन्य हो बेटी, इसी को स्त्री का पातिव्रत कहते हैं। यही स्त्री का धर्म है। ईश्वर तुम्हें सुखी रखे और दूसरी स्त्रियों को भी तुम्हारे मार्ग पर चलने की प्रेरणा दे। ऐसी देवियाँ मनुष्य के लिये गौरव का विषय होती हैं। उन्हीं के नाम पर लोग आदर से सिर झुकाते हैं। उन्हीं के यश घर-घर गाये जाते हैं।

चारों भाई जब गले मिल चुके तो रामचन्द्र ने भरत से पूछा– कहो भैया, तुम कश्मीर से कब आये? पिताजी तो कुशल से हैं? तुम उनको छोड़कर व्यर्थ चले आये, वह अकेले बहुत घबरा रहे होंगे ?

भरत की आँखों से टप-टप आँसू गिरने लगे। भर्राई हुई आवाज में बोले-भाई साहब, पिताजी तो अब इस संसार में नहीं हैं। जिस दिन सुमन्त्र रथ लेकर वापस हुए, उसी रात को वह परलोक सिधारे। मरते समय आप ही का नाम उनकी जिह्वा पर था।

यह दुःखपूर्ण समाचार सुनते ही रामचन्द्र पछाड़ खाकर गिर पड़े। जब तनिक चेतना आयी तो रोने लगे। रोते-रोते हिचकियाँ बंध गयीं। हाय! पिताजी का अन्तिम दर्शन भी प्राप्त न हुआ! अब रामचन्द्र को ज्ञात हुआ कि महाराज दशरथ को उनसे कितना प्रेम था। उनके वियोग में प्राण त्याग दिये। बोले-यह मेरा दुर्भाग्य है कि अन्तिम समय उनके दर्शन न कर सका। जीवन भर इसका खेद रहेगा। अब हम उनकी सबसे बड़ी यही सेवा कर सकते हैं कि अपने कामों से उनकी आत्मा को प्रसन्न करें। महाराज अपनी प्रजा को कितना प्यार करते थे! तुम भी प्रजा का पालन करते रहना। सेना के प्रसन्न रहने से ही राज्य का अस्तित्व बना रहता है। तुम भी सैनिकों को प्रसन्न रखना। उनका वेतन ठीक समय पर देते रहना। न्याय के विषय में किसी के साथ लेशमात्र भी पक्षपात न करना। हर एक काम में मन्त्रियों से

अवश्य परामर्श लेना और उनके परामर्श पर आचरण करना। निर्धनों को धनियों के अत्याचार से बचाना। किसानों के साथ कभी सख्ती न करना। खेती सिंचाई के लिए कुएँ, नहरें, ताल बनवाना। लड़कों की शिक्षा की ओर से असावधान न होना। और राज्य के कर्मचारियों की सख्ती से निगरानी करते रहना अन्यथा ये लोग प्रजा को नष्ट कर देंगे।

भरत ने कहा– भाई साहब! मैं यह बातें क्या जानूँ। मैं तो आपकी सेवा में इसीलिए उपस्थित हुआ हूँ कि आपको अयोध्या ले चलूँ। अब तो हमारे पिता भी आप ही हैं। आप हमें जो आज्ञा देंगे, हम उसे बजा लायेंगे। हमारी आपसे यही विनती है, इसे स्वीकार कीजिये। जब से आप आये हैं, अयोध्या में वह श्री ही न रही। चारों ओर मृत्यु की-सी नीरवता है। लोग आपको याद करके रोया करते हैं। अब तक मैं सबको यह आश्वासन देता रहा हूँ कि रामचन्द्र शीघ्र वापस आयेंगे। यदि आप न लौटेंगे तो राज्य में कुहराम मच जायेगा और सारा दोष और कलंक मेरे सिर पर रखा जायेगा।

रामचन्द्र ने उत्तर दिया– भैया, जिन वचनों को पूरा करने के लिए पिताजी ने अपना प्राण तक दे दिया, उसे पूरा करना मेरा धर्म है। उन्हें अपना वचन अपने प्राण से भी अधिक प्रिय था। इस आज्ञा का पालन मैं न करूँ तो संसार में कौन-सा मुँह दिखाऊँगा। तुम्हें भी उनकी आज्ञा मानकर राज्य करना चाहिये। मैं चौदह वर्ष व्यतीत होने के बाद ही अयोध्या में पैर रखूँगा।

भरत ने बहुत प्रार्थना-विनती की। गुरु वशिष्ठ और प्रतिष्ठित व्यक्तियों ने रामचन्द्र को खूब समझाया, किन्तु वह अयोध्या चलने पर किसी प्रकार सहमत न हुए। तब भरत ने रोकर कहा-भैया, यदि आपका यही निर्णय है तो विवश होकर हमको भी मानना ही पड़ेगा। किन्तु आप मुझे अपनी खड़ाऊँ दे दीजिये। आज से यह खड़ाऊँ ही राजसिंहासन पर विराजेगी। हम सब आपके

चाकर होंगे। जब तक आप लौटकर न आयेंगे, अभागा भरत भी आप ही के समान साधुओं का-सा जीवन व्यतीत करेगा। किन्तु चौदह वर्ष बीत जाने पर भी आप न आये तो मैं आग में जल मरूँगा ।

यह कहकर भरत ने रामचन्द्र के खड़ाऊँ को सिर पर रखा और बिदा हुए। रामचन्द्र ने कौशल्या और सुमित्रा के पैरों पर सिर रखा और उन्हें बहुत ढाढ़स देकर बिदा किया। कैकेयी लज्जा से सिर झुकाये खड़ी थी। रामचन्द्र जब उसके चरणों पर झुके तो वह फूट-फूटकर रोने लगी। रामचन्द्र की सज्जनता और निर्मलहृदयता ने सिद्ध कर दिया कि राम पर उसका सन्देह अनुचित था।

जब सब लोग नंदीग्राम में पहुँचे तो भरत ने मंत्रियों से कहा-आप लोग अयोध्या जायें, मैं चौदह वर्ष तक इसी प्रकार इस गाँव में रहूँगा। राजा रामचन्द्र के सिंहासन पर बैठकर अपना परलोक न बिगाड़ूँगा। जब आपको मुझसे किसी सम्बन्ध में परामर्श करने की आवश्यकता हो, मेरे पास चले आइयेगा।

भरत की यह सज्जनता और उदारता देखकर लोग आश्चर्य में आ गये। ऐसा कौन होगा जो मिलते हुए राज्य को यों ठुकराकर अलग हो जाये! लोगों ने बहुत चाहा कि भरत अयोध्या चलकर राज करें किन्तु भरत ने वहाँ जाने से निश्चित असहमति प्रकट कर दी। एक कवि ने ठीक कहा है कि भरत जैसा सज्जन पुत्र उत्पन्न करके कैकेयी ने अपने सारे दोषों पर धूल डाल दी।

आखिर सब रानियाँ, शत्रुघ्न और अयोध्या के निवासी भरत को वहीं छोड़कर अयोध्या चले आये। शत्रुघ्न मन्त्रियों की सहायता से राजकार्य सँभालते थे और भरत नंदीग्राम में बैठे हुए उनकी निगरानी करते रहते थे। इस प्रकार चौदह वर्ष बीत गये।

दंडकवन

भरत के चले आने के बाद रामचन्द्र ने भी चित्रकूट से चले जाने का निश्चय कर लिया! उन्हें विचार हुआ कि अयोध्या के निवासी वहाँ बराबर आते-जाते रहेंगे और उनके आने-जाने से यहाँ के ऋषियों को कष्ट होगा। तीनों आदमी घूमते हुए अत्रि मुनि के पास पहुँचे। अत्रि ईश्वर प्राप्त एक वृद्ध थे। उनकी पत्नी अनुसूया भी बड़ी बुद्धिमती स्त्री थीं। उन्होंने सीता जी को स्त्रियों के कर्तव्य समझाये और बड़ा सत्कार किया। तीनों आदमी यहाँ कई महीने रहकर दंडकवन की ओर चले। इस वन में अच्छे-अच्छे ऋषि रहते थे। रामचन्द्र उनके दर्शन करना चाहते थे।

दंडकवन में विराध नामक एक बड़ा अत्याचारी राजा था। उसके अत्याचार से सारा नगर उजाड़ हो गया था। उसकी सूरत बहुत डरावनी थी और डील पहाड़ का-सा था। वह रात-दिन मदिरा पीकर बेहोश पड़ा रहता था। युद्ध की कला में वह इतना दक्ष था कि साधारण अस्त्रों से उसे मारना असम्भव था। राम, लक्ष्मण और सीता इस वन में थोड़ी ही दूर गये थे कि विराध की दृष्टि उन पर पड़ी। उसे सन्देह हुआ कि यह लोग अवश्य किसी स्त्री को भगाकर लाये हैं, अन्यथा दो पुरुषों के बीच में एक स्त्री क्यों होती। फिर यह दोनों आदमी साधुओं के वेश में होकर भी हाथ में धनुष और बाण लिये हुए हैं। निकट आकर बोला-तुम दोनों आदमी मुझे दुराचारी प्रतीत होते हो। तुमने यात्रियों को लूटने के लिए ही साधुओं का वेश धारण किया है। अब कुशल इसी में है कि तुम दोनों इस स्त्री को मुझे दे दो और यहाँ से भाग जाओ, अन्यथा मैं तुम्हें मार डालूँगा।

रामचन्द्र ने कहा– हम दोनों कोशल के महाराज दशरथ के पुत्र हैं और यह मेरी पत्नी हैं। तुमने यदि फिर इस प्रकार धृष्टता से बात की तो मैं तुम्हें जीवित न छोड़ूँगा।

विराध ने हँसकर कहा– तुम जैसे दो क्या, सौ-पचास भी मेरे सामने आ जायें तो मार डालूँ। सँभल जाओ, अब मैं वार करता हूँ।

रामचन्द्र ने कई बाण चलाये पर विराध के शरीर पर उसका कोई प्रभाव न हुआ। तब तो रामचन्द्र बहुत घबराये। शेर भी उनका बाण खाकर गिर पड़ते थे। किन्तु इस राक्षस पर उनका तनिक भी प्रभाव न हुआ। यह घटना उनकी समझ में न आयी। तब दोनों भाइयों ने तलवार निकाली और विराध पर टूट पड़े। किन्तु तलवार के घावों का भी उस पर कुछ प्रभाव न हुआ। उसने ऐसी तपस्या की थी कि उसका शरीर लोहे के समान कड़ा और ठोस हो गया था। कुछ देर तक वह चुपचाप खड़ा तलवार के घाव खाता रहा। तब एकाएक जोर से गरजा और दोनों भाइयों को कंधे पर लेकर भागा। सीता जी रोने लगीं। किन्तु राम और लक्ष्मण उसके कन्धों पर बैठकर भी तलवार चलाते रहे। यहाँ तक कि विराध की दोनों बाहें कटकर भूमि पर गिर पड़ीं। तब दोनों भाई भूमि पर कूद पड़े और विराध भी थोड़ी देर में तड़प-तड़प कर मर गया।

विराध का वध करके तीनों आदमी आगे बढ़े। उस समय में ऋषिगण संसार से मुँह मोड़कर वनों में तपस्या करते थे। वन के फल और कन्दमूल उनका भोजन और पेड़ों की छाल पोशाक थी। किसी झोंपड़ी में या किसी पेड़ के नीचे वह एक मृगछाला बिछाकर पड़े रहते थे। धन और वैभव को वे लोग तिनके के समान तुच्छ समझते थे। संतोष और सरलता ही उनका सबसे बड़ा धन था। वह बड़े-बड़े राजाओं की भी चिन्ता न करते थे। किसी के

सामने हाथ न फैलाते थे। शारीरिक आकांक्षाओं के चक्कर में न पड़कर वे लोग अपना मन और मस्तिष्क बौद्धिक और धार्मिक बातों के सोचने में लगाते थे। उन वनों में बसने वाले और जंगली फल खाने वाले पुरुषों ने जो ग्रन्थ लिखे, उन्हें पढ़कर आज भी बड़े-बड़े विद्वानों की आँखें खुल जाती हैं। दंडकवन में कितने ही ऋषि रहते थे। तीनों आदमी एक-एक दो-दो महीने हर एक ऋषि की शरण में रहते और उनसे ज्ञान की बातें सीखते थे। इस प्रकार दंडकवन में घूमते हुए उन्हें कई वर्ष बीत गये। आखिर वे लोग अगस्त्य मुनि के आश्रम में पहुँचे। यह महात्मा और सब ऋषियों से बड़े समझे जाते थे। वह केवल ऋषि ही न थे, युद्ध की कला में भी दक्ष थे। कई बड़े-बड़े राक्षसों का वध कर चुके थे। रामचन्द्र को देखकर बहुत प्रसन्न हुए और कई महीने तक अपने यहाँ अतिथि रखा। जब रामचन्द्र यहाँ से चलने लगे तो अगस्त्य ऋषि ने उन्हें एक ऐसा अलौकिक तरकश दिया जिसके तीर कभी समाप्त ही न होते थे।

रामचन्द्र ने पूछा– महाराज, आप तो इस वन से भली प्रकार परिचित होंगे। हमें कोई ऐसा स्थान बताइये जहाँ हम लोग आराम से रहकर वनवास के शेष दिन पूरे कर लें।

अगस्त्य ने पंचवटी की बड़ी प्रशंसा की। यह स्थान नर्मदा नदी के किनारे स्थित था। यहाँ की जलवायु ऐसी अच्छी थी कि न जाड़े में कड़ा जाड़ा पड़ता था, न गरमी में कड़ी गरमी। पहाड़ियाँ बारहों मास हरियाली से लहराती रहती थीं। तीनों आदमियों ने इस स्थान पर जाकर रहने का निश्चय किया।

पंचवटी

कई दिन के बाद तीनों आदमी पंचवटी जा पहुँचे। जितनी प्रशंसा सुनी थी, उससे कहीं बढ़कर पाया। नर्मदा के दोनों ओर ऊँची-ऊँची हाड़ियाँ फूलों से लदी हुई खड़ी थीं। नदी के निर्मल जल में हंस और बगुले तैरा करते थे। किनारे हिरनों का समूह पानी पीने आता था और खूब कुलेलें करता था। जंगल में मोर नाचा करते थे। वायु इतनी स्वच्छ और स्फूर्तिदायक थी कि रोगी भी स्वस्थ हो जाता था। यह स्थान तीनों आदमियों को इतना पसन्द आया कि उन्होंने एक झोंपड़ा बनाया और सुख से रहने लगे। दिन को पहाड़ियों की सैर करते, प्रकृति के हृदयग्राहक दृश्यों का आनन्द उठाते, चिड़ियों के गाने सुनते और जंगली फल खाकर कुटी में सो रहते। इस प्रकार कई महीने बीत गये।

पंचवटी से थोड़ी ही दूर पर राक्षसों की एक बस्ती थी। उनके दो सरदार थे। एक का नाम था खर और दूसरे का दूषण। लंका के राजा रावण की एक बहन शूर्पणखा भी वहीं रहती थी। यह लोग लूट-मारकर जीवन व्यतीत करते थे।

एक दिन रामचन्द्र और सीता पेड़ के नीचे बैठे हुए बातें कर रहे थे कि उधर से शूर्पणखा निकली। इन दोनों आदमियों को देखकर उसे आश्चर्य हुआ कि यह कौन लोग यहाँ आ गये! ऐसे सुन्दर मनुष्य उसने कभी न देखे थे। वह थी तो कालीकलूटी, अत्यन्त कुरूप किन्तु अपने को परी समझती थी। इसलिए अब तक विवाह नहीं किया था क्योंकि राक्षसों से विवाह करना उसे रुचिकर न था। रामचन्द्र को देखकर फूली न समायी। बहुत दिनों के बाद उसे अपने जोड़ का एक युवक दिखायी दिया। निकट आकर बोली- तुम लोग किस देश के आदमी हो? तुम जैसे आदमी तो मैंने कभी नहीं देखे।

रामचन्द्र ने कहा– हम लोग अयोध्या के रहने वाले हैं। हमारे पिताजी अयोध्या के राजा थे। आजकल हमारे भाई राज्य करते हैं।

शूर्पणखा– बस, तब तो सारी बात बन गयी। मैं भी राजा की लड़की हूँ। मेरा भाई रावण लंका में राज्य करता है। बस हमारा तुम्हारा अच्छा जोड़ है। मैं तुम्हारे ही जैसा पति ढूँढ़ रही थी, तुम अच्छे मिले, अब मुझसे विवाह कर लो। तुम्हारा सौभाग्य है कि मुझ जैसी सुन्दरी तुमसे विवाह करना चाहती है।

रामचन्द्र ने व्यंग्य से जवाब दिया– अवश्य मेरा सौभाग्य है। तुम्हारी जैसी परी तो इन्द्रलोक में भी न होगी। मेरा जी तो तुमसे विवाह करने के लिए बहुत व्याकुल है। किन्तु कठिनाई यह है कि मेरा विवाह हो चुका है और यह स्त्री मेरी पत्नी है। यह तुमसे झगड़ा करेगी। हाँ, मेरा छोटा भाई जो वह सामने बैठा हुआ है, यहाँ अकेला है। उसकी पत्नी साथ में नहीं है। वह चाहे तो तुमसे विवाह कर सकता है। तुम उसके पास जाओ, तुम्हारा सौन्दर्य देखते ही वह मोहित हो जायेगा। वही तुम्हारे योग्य भी है।

शूर्पणखा– इस स्त्री की तुम अधिक चिन्ता न करो। मैं इसे अभी मार डालूँगी। यह तुम्हारे योग्य नहीं है। मुझ जैसी स्त्री फिर न पाओगे। मेरी और तुम्हारी जोड़ी ईश्वर ने अपने हाथ से बनायी है।

रामचन्द्र– नहीं, तुम भूल करती हो। मैं तो तुम्हारे योग्य हूँ ही नहीं। भला कहाँ मैं और कहाँ तुम। तुम्हारे योग्य तो मेरा भाई है जो वय में मुझसे छोटा है और मुझसे अधिक वीर है।

शूर्पणखा लक्ष्मण के पास गयी और बोली-मैं एक आवश्यकतावश इधर आयी थी। तुम्हारे भाई रामचन्द्र की दृष्टि मुझ पर पड़ गयी तो वह मुझ पर आसक्त हो गये और मुझसे विवाह करने की इच्छा की। पर मैंने ऐसे पुरुष से विवाह करना पसन्द न किया जिसकी पत्नी मौजूद है। मेरे योग्य तो तुम हो,

तनिक मेरी ओर देखो, ऐसा कोयले का-सा चमकता हुआ रंग तुमने और कहीं देखा है? मेरी नाक बिल्कुल चिलम की-सी है और होंठ कितनी सुन्दरता से नीचे लटके हुए हैं। तुम्हारा सौभाग्य है कि मेरा दिल तुम्हारे ऊपर आ गया। तुम मुझसे विवाह कर लो।

लक्ष्मण ने मुस्कराकर कहा– हाँ, इसमें तो सन्देह नहीं कि तुम्हारा सौन्दर्य अनुपम है और मैं हूँ भी भाग्यवान कि मुझसे तुम विवाह करने को प्रस्तुत हो। पर मैं रामचन्द्र का छोटा भाई और चाकर हूँ। तुम मेरी पत्नी हो जाओगी तो तुम्हें सीता जी की सेवा करनी पड़ेगी। तुम रानी बनने योग्य हो, जाकर भाई साहब से ही कहो। वही तुमसे विवाह करेंगे।

शूर्पणखा फिर राम के पास गयी किन्तु वहाँ फिर वही उत्तर मिला कि तुम्हारे योग्य लक्ष्मण हैं, उन्हीं के पास जाओ। इस प्रकार उसे दोनों बातों में टालते रहे। जब उसे विश्वास हो गया कि यहाँ मेरी कामना पूरी न होगी तो वह मुँह बना-बनाकर गालियाँ बकने लगी और सीता जी से लड़ाई करने पर सन्नद्ध हो गयी। उसकी यह दुष्टता देखकर लक्ष्मण को क्रोध आ गया, उन्होंने शूर्पणखा की नाक काट ली और कानों का भी सफाया कर दिया।

अब क्या था! शूर्पणखा ने वह हाय-वाय मचायी कि दुनिया सिर पर उठा ली। तीनों आदमियों को गालियाँ देती, रोती-पीटती वह खर और दूषण के पास पहुँची और अपने अपमान और अप्रतिष्ठा की सारी कथा कह गयी। 'भैया, दोनों भाई बड़े दुष्ट हैं। मुझे देखते ही दोनों मुझ पर बुरी दृष्टि डालने लगे और मुझसे विवाह करने के लिए जोर देने लगे। कभी बड़ा भाई अपनी ओर खींचता था, कभी छोटा भाई। जब मैं इस पर सहमत न हुई तो दोनों ने मेरे नाक-कान काट लिये। तुम्हारे रहते मेरी यह दुर्गति हुई। अब मैं किसके पास शिकायत लेकर जाऊँ? जब तक उन दोनों के सिर मेरे सामने न आ जायेंगे, मेरे लिए अन्न-जल निषिद्ध है।'

खर और दूषण यह हाल सुनकर क्रोध से पागल हो गये। उसी समय अपनी सेना को तैयार हो जाने का आदेश दिया। दम-के-दम में चौदह हजार आदमी राम और लक्ष्मण को इस खलता का दण्ड देने चले। आगे-आगे नकटी शूर्पणखा रोती चली जा रही थी।

रामचन्द्र ने जब राक्षसों की यह सेना आते देखी तो लक्ष्मण को सीता जी की रक्षा के लिए छोड़कर आप उनका सामना करने के लिए तैयार हो गये। राक्षसों ने आते ही तीरों की बौछार करनी प्रारंभ कर दी। किन्तु रामचन्द्र के बाणों के सम्मुख उनकी क्या चलती। सब-के-सब एक साथ तो तीर छोड़ ही न सकते थे। पहले पंक्ति के लोग तीर छोड़ते, रामचन्द्र एक ही तीर से उनके सब तीरों को काट देते थे। जिस प्रकार राइफल के सामने तोड़ेदार बन्दूक बेकाम है, उसी प्रकार रामचन्द्र के अग्नि-बाणों के सम्मुख राक्षसों के बाण बेकाम हो गये।

एक-एक बार में सैकड़ों का सफाया होने लगा। यह देखकर राक्षसों का साहस टूट गया। सारी सेना तितर-बितर हो गयी। संध्या होते-होते वहाँ एक राक्षस भी न रहा। केवल मृत शरीर रणक्षेत्र में पड़े थे।

खर और दूषण ने जब देखा कि चौदह हजार राक्षसों की सेना बात की बात में नष्ट हो गयी तो उन्हें विश्वास हो गया कि राम और लक्ष्मण बड़े वीर हैं। उन पर विजय पाना सरल नहीं। अपने पूरे बल से उन पर आक्रमण करना पड़ेगा। यह विचार भी था कि यदि हम लोग इन दोनों आदमियों को न जीत सके तो हमारी कितनी बदनामी होगी। बड़े जोर शोर से तैयारियाँ करने लगे। रात भर में कई हजार सैनिकों की एक चुनी हुई सेना तैयार हो गयी। उनके पास मूसल, भाले, धनुष-बाण, गदा, फरसे, तलवार, डंडे सभी प्रकार के अस्त्र थे। किन्तु सब पुराने ढंग के। युद्ध की कला से भी वह अवगत न

थे। बस, एक साथ दौड़ पड़ना जानते थे। सैनिकों का क्रम किस प्रकार होना चाहिए, इसका उन्हें लेशमात्र भी ज्ञान न था। सबसे बड़ी खराबी थी कि वे सब शराबी थे। शराब पी-पीकर बहकते थे। किन्तु सच्ची वीरता उनमें नाम को भी न थी।

सबेरे रामचन्द्र जी उठे तो राक्षसों की सेना आते देखी। आज का युद्ध कल से अधिक भीषण होगा, यह उन्हें ज्ञात था। सीता जी को उन्होंने एक गुफ़ा में छिपा दिया और दोनों आदमी पहाड़ के ऊपर चढ़कर राक्षसों पर तीर चलाने लगे। उनके तीर ऊपर से बिजली की तरह गिरते थे और एक साथ सैकड़ों को धराशायी कर देते थे। खर और दूषण अपनी सेना को ललकारते थे, बढ़ावा देते थे, किन्तु उन अचूक तीरों के सामने सेना के कलेजे दहल उठते थे। राम और लक्ष्मण पर उनके बाणों का लेशमात्र भी प्रभाव न होता था क्योंकि दोनों भाई पहाड़ के ऊपर थे। वह इतने वेग से तीर चलाते थे कि ज्ञात होता था कि उनके हाथों में बिजली का वेग आ गया है। तीर कब तरकश से निकलता था, कब धनुष पर चढ़ता था, कब छूटता था; यह किसी को दिखायी नहीं देता था। फिर अगस्त्य ऋषि का दिया हुआ तरकश भी तो था जिसके तीर कभी समाप्त न होते थे। फल यह हुआ कि राक्षसों के पाँव उखड़ गये। सेना में भगदड़ मच गयी। खर और दूषण ने बहुत चाहा कि आदमियों को रोकें पर उन्होंने एक भी न सुनी। सिर पर पाँव रखकर भागे। अब केवल खर और दूषण मैदान में रह गये। यह दोनों साहसी और वीर थे। उन्होंने बड़ी देर तक राम और लक्ष्मण का सामना किया किन्तु आखिर उनकी मौत भी आ ही गयी। दोनों मारे गये। अकेली शूर्पणखा अपने भाइयों की मृत्यु पर विलाप करने को बच रही।

हिरण का शिकार

शूर्पणखा के दो भाई तो मारे गये किन्तु अभी दो और शेष थे, उनमें से एक लंका देश का राजा था। उस समय में दक्षिण में लंका से अधिक बलवान और बसा हुआ कोई राज्य न था। रावण भी राक्षस था किन्तु बड़ा विद्वान, शास्त्रों का पण्डित; उसके धन की कोई सीमा न थी। यहाँ तक कहा जाता है कि लंका शहर का नगरकोट सोने का बना हुआ था। व्यापार का बाजार गर्म था। विद्या, कला और कौशल की खूब चर्चा थी और वहाँ की कारीगरी अनुपम थी। किन्तु जैसा प्रायः होता है, धन और साम्राज्य ने रावण को दंभी, अत्याचारी और दुष्ट बना दिया था। विद्वान और गुणी होने पर भी वह बुरे से बुरा काम करने से भी न हिचकता था। शूर्पणखा रोती-पीटती उसके पास पहुँची और छाती पीटने लगी।

रावण ने उसकी यह बुरी दशा देखी तो आश्चर्य से बोला– क्या है शूर्पणखा, क्या बात है? तेरी यह दशा कैसी हुई? यह तेरी नाक क्या हुई? इस प्रकार रो क्यों रही है?

शूर्पणखा ने आँसू पोंछकर कहा– भैया, मेरी हालत क्या पूछते हो ! मेरी जो दुर्गति हुई है, वह सातवें शत्रु की भी न हो। पंचवटी में दो तपस्वी अयोध्या से आकर ठहरे हुए हैं। दोनों राजा दशरथ के पुत्र हैं। एक का नाम राम है, दूसरे का लक्ष्मण। राम की पत्नी सीता भी उनके साथ हैं। उन लोगों ने मेरी नाक और कान काट लिये। जब खर और दूषण इसका दण्ड देने के लिए सेना लेकर गये तो सारी सेना का वध कर दिया। एक आदमी भी जीवित न बचा। भैया ! तुम्हारे जीते जी मेरी यह दशा !

राम और लक्ष्मण का नाम सुनकर रावण के होश उड़ गये। वह भी सीता स्वयंवर में सम्मिलित हुआ था और जिस धनुष को वह हिला भी न सका था, उसी को राम के हाथों टूटते देख चुका था। सीता का रूप भी वह देख चुका था। उसकी याद अभी तक उसको भूली न थी। मन में सोचने लगा, यदि उन भाइयों को किसी प्रकार मार सकूँ तो सीता हाथ आ जाये। किन्तु इस विचार को छिपाकर बोला-हाय! तूने यह कैसा समाचार सुनाया! मेरे दोनों वीर भाई मारे गये ? एक राक्षस भी जीवित न बचा? वह दोनों लड़के आफ़त के परकाले मालूम होते हैं। किन्तु तू संतोष कर, दोनों को इस प्रकार मारूँगा कि वह भी समझेंगे कि किसी से पाला पड़ा था। वह कितने ही वीर हों, रावण का एक संकेत उनका अंत कर देने के लिये पर्याप्त है। मेरे लिए यह डूब मरने की बात है कि मेरी बहन का इतना निरादर हो, मेरे भाई मारे जायें और मैं बैठा रहूँ। आज ही उन्हें दण्ड देने की चिन्ता करता हूँ।

शूर्पणखा बोली– भैया ! दोनों बड़े दुष्ट हैं। मुझसे बलात् विवाह करना चाहते थे। किन्तु भला मैं उन्हें कब विचार में लाती थी। जब मैं उन्हें दुत्कार कर चली तो छोटे भाई ने यह शरारत की। भैया, इसका बदला केवल यही नहीं है कि दोनों भाई मारे जायें, पूरा बदला जभी होगा जब सीता जी का भी वैसा ही अनादर और दुर्गति हो, जैसी उन्होंने मेरी की है। क्या कहूँ भैया, सीता कितनी सुन्दर है! बस, यही समझ लो कि चाँद का-सा मुखड़ा है। ईश्वर ने उसे तुम्हारे लिए बनाया है। राम उसके योग्य नहीं है। उससे अवश्य विवाह करना।

रावण ने बहन को सांत्वना दी और उसी समय मारीच नामक राक्षस को बुलाकर कहा– अब अपना कुछ कौशल दिखाओ। बहुत दिनों से बैठे-बैठे व्यर्थ का वेतन ले रहे हो। रामचन्द्र और लक्ष्मण पंचवटी में आये हुए हैं।

दोनों ने शूर्पणखा की नाक काट ली है, खर और दूषण को मार डाला है और सारे राक्षसों को नष्ट कर दिया है। इन दोनों से इन कुकर्मों का बदला लेना है। बतलाओ, मेरी कुछ सहायता करोगे ?

मारीच वही राक्षस था जो विश्वामित्र का यज्ञ अपवित्र करने गया था और रामचन्द्र का एक बाण खाकर भागा था। तब से वह यहीं पड़ा था। रामचन्द्र से उसका पुराना वैमनस्य था। यह खबर सुनकर बाग-बाग हो गया। बोला-आपकी सहायता करने को तन और प्राण से प्रस्तुत हूँ। अबकी उनसे विश्वासघात की लड़ाई लडूँगा और पुराना बैर चुकाऊँगा। ऐसा चकमा दूँगा कि एक बूँद रक्त भी न गिरे और दोनों भाई मारे जायें।

रावण– बस, ऐसी कोई युक्ति सोचो कि सीता मेरे हाथ लग जाये। फिर दोनों भाइयों को मारना कौन कठिन काम रह जायेगा।

मारीच– ऐसा तो न कहिये महाराज! वीरता में दोनों जोड़ नहीं रखते। मैं उनकी लड़कपन की वीरता देख चुका हूँ। दोनों एक सेना के लिए पर्याप्त हैं। अभी उनसे युद्ध करना उचित नहीं। मामला बढ़ जायेगा और सीता को कहीं छिपा देंगे। मैं ऐसी युक्ति बता दूँगा कि सीता आपके घर में आ जायें और दोनों भाइयों को खबर भी न हो। कुछ पता ही न चले कि कहाँ गयी। आखिर तलाश करते-करते निराश होकर बैठे रहेंगे।

रावण का मुख खिल उठा। बोला– मित्र, परामर्श तो तुम बहुत उचित देते हो। यही मैं भी चाहता हूँ। यदि काम बिना लड़ाई-झगड़े के हो जाये तो क्या कहना। आयु-पर्यन्त तुम्हारा कृतज्ञ रहूँगा। आज ही से तुम्हारी वृद्धि कर दूँ और पद भी बढ़ा दूँ। भला बतलाओ तो, क्या युक्ति सोची है ?

मारीच-बतलाता तो हूँ; किन्तु राजन से बड़ा भारी पुरस्कार लूँगा। आप जानते ही हैं, सूरत बदलने में मैं कितना कुशल हूँ। ऐसे सुन्दर हिरन का भेष बना लूँगा, जैसा किसी ने न देखा हो गुलाबी रंग होगा, उस पर सुनहरे धब्बे, सारा शरीर हीरे के समान चमकता हुआ। बस, जाकर रामचन्द्र की कुटी के सामने कुलाचें भरने लगूँगा। दोनों भाई देखते ही मुझे पकड़ने दौड़ेंगे। मैं भागूँगा, दोनों मेरा पीछा करेंगे। मैं दौड़ता हुआ उन्हें दूर भगा ले जाऊँगा। आप एक साधु का भेष बना लीजियेगा। जिस समय सीता अकेली रह जायें, आप जाकर उन्हें उठा लाइयेगा। थोड़ी दूर पर आपका रथ खड़ा रहेगा। सीता को रथ पर बिठाकर घोड़ों को हवा कर दीजियेगा। राम जब आयेंगे तो सीता को न पाकर इधर-उधर तलाश करेंगे, फिर निराश होकर किसी ओर चल देंगे। बोलिये, कैसी युक्ति है कि साँप भी मर जाये और लाठी भी न टूटे।

रावण ने मारीच की बहुत प्रशंसा की और दोनों सीता को हर लाने की तैयारियाँ करने लगे।

छल

तीसरे पहर का समय था। राम और सीता कुटी के सामने बैठे बातें कर रहे थे कि एकाएक अत्यन्त सुन्दर हिरन सामने कुलेलें करता हुआ दिखायी दिया। वह इतना सुन्दर, इतने मोहक रंग का था कि सीता उसे देखकर रीझ गयीं। ऐसा प्रतीत होता था कि इस हिरन के शरीर में हीरे जड़े हुए हैं। रामचन्द्र से बोलीं-देखिये, कैसा सुन्दर हिरन है !

लक्ष्मण को उस समय विचार आया कि हिरन इस रूप-रंग का नहीं होता; अवश्य कोई न कोई छल है। किन्तु इस भय से कि रामचन्द्र शायद उन्हें शक्की समझें, मुँह से कुछ नहीं कहा। हाँ, दिल में मना रहे थे कि रामचन्द्र के दिल में भी यही विचार पैदा हो। रामचन्द्र ने हिरन को बड़ी उत्सुकता से देखकर कहा-हाँ, है तो बड़ा सुन्दर। मैंने ऐसा हिरन नहीं देखा।

सीता-इसको जीवित पकड़कर मुझे दे दीजिये। मैं इसे पालूंगी और अयोध्या ले जाऊँगी। लोग इसे देखकर आश्चर्य में आ जायेंगे। देखिये, कैसे कुलाचें भर रहा है।

राम– जीवित पकड़ना तो तनिक कठिन काम है।

सीता– चाहती तो यही हूँ कि जीवित पकड़ा जाये, किन्तु मर भी गया तो उसकी मृगछाला कितनी उत्तम श्रेणी की होगी!

रामचन्द्र धनुष और बाण लेकर चले तो लक्ष्मण भी उनके साथ हो लिये और कुछ दूर जाकर बोले– भैया, आप व्यर्थ परेशान हो रहे हैं, यह हिरन जीवित हाथ न आयेगा। हाँ, कहिये तो मैं शिकार कर लाऊँ।

राम– इसीलिए तो मैंने तुमसे नहीं कहा। मैं जानता था कि तुम्हें क्रोध आ जायेगा, तीर चला दोगे। तुम सीता के पास बैठो; वह अकेली हैं। मैं अभी इसे जीवित पकड़े लाता हूँ।

यह कहते हुए रामचन्द्र हिरन के पीछे दौड़े, लक्ष्मण को और कुछ कहने का अवसर न मिला। विवश होकर सीता जी के पास लौट आये। इधर हिरन कभी रामचन्द्र के सामने आ जाता, कभी पत्तों की आड़ में हो जाता, कभी इतने समीप आ जाता कि मानो अब थक गया है; फिर एकाएक छलाँग मारकर दुर निकल जाता। इस प्रकार भुलावे देता हुआ वह रामचन्द्र को बहुत

दूर ले गया, यहाँ तक कि वह थक गये और उन्हें विश्वास हो गया कि वह हिरन जीवित हाथ न आयेगा। मारीच भागा तो जाता था किन्तु लक्ष्मण के न आने से उसकी युक्ति सफल होती न दीखती थी। जब तक सीता जी अकेली न होंगी, रावण उन्हें हर कैसे सकेगा? यह सोचकर उसने कई बार जोर से चिल्लाकर कहा-हाय लक्ष्मण ! हाय सीता !

रामचन्द्र का कलेजा धड़क उठा। समझ गये कि मुझे धोखा हुआ। यह बनावटी हिरन है। अवश्य किसी राक्षस ने यह भेष बनाया है। वह इसीलिए लक्ष्मण का नाम लेकर पुकार रहा है कि लक्ष्मण भी दौड़ आयें और सीता अकेली रह जायें। यह विचार आते ही उन्होंने हिरन को जीवित पकड़ने का विचार छोड़ दिया। ऐसा निशाना मारा कि पहले ही वार में हिरन गिर पड़ा। किन्तु वह निर्दय मरने के पहले अपना काम पूरा कर चुका था। रामचन्द्र तो दौड़े हुए कुटी की ओर आ रहे थे कि कहीं लक्ष्मण सीता को छोड़कर चले न आ रहे हों, उधर सीता जी ने जो 'हाय लक्ष्मण! हाय सीता!' की पुकार सुनी तो उनका रक्त ठंडा हो गया। आँखों में अँधेरा छा गया। यह तो प्यारे राम की आवाज है। अवश्य शत्रु ने उन्हें घायल कर दिया है। रोकर लक्ष्मण से बोलीं-मुझे तो ऐसा भय होता है कि यह स्वामी की ही आवाज़ है। अवश्य उन पर कोई बड़ी विपत्ति आयी है, अन्यथा तुम्हें क्यों पुकारते? लपककर देखो तो क्या माजरा है ! मेरा तो कलेजा धक-धक कर रहा है। दौड़ते ही जाओ। लक्ष्मण ने भी यह आवाज़ सुनी और समझ गये कि किसी राक्षस ने छल किया है। ऐसी दशा में सीता को अकेली छोड़कर जाना वह कब सहन कर सकते थे। बोले-भाई साहब की ओर से आप निश्चिन्त रहें, जिसने चौदह हजार राक्षसों का अन्त कर दिया, उसे किसका भय हो सकता है? भैया हिरन को लिये आते ही होंगे। आपको अकेली छोड़कर मैं न जाऊँगा। भाई साहब ने इस विषय में खूब चेता दिया था। सीता ने क्रोध से कहा-मेरी तुम्हें क्यों

इतनी चिन्ता सवार है! क्या मुझे कोई शेर या भेड़िया खाये जाता है? अवश्य स्वामी पर कोई विपत्ति आयी है। और तुम हाथ पर हाथ रखे बैठे हो। क्या यही भाई का प्रेम है, जिस पर तुम्हें इतना घमण्ड है ?

लक्ष्मण कुछ खिन्न होकर बोले-मैंने तो कभी भाई के प्रेम का घमण्ड नहीं किया। मैं हूँ किस योग्य। मैं तो केवल उनकी सेवा करना चाहता हूँ। उन्होंने चलते-चलते मुझे चेतावनी दी थी कि यहाँ से कहीं न जाना। इसलिए मुझे जाने में सोच-विचार हो रहा है। मैं आपको विश्वास दिलाता हूँ कि भाई साहब का कोई बाल भी बाँका नहीं कर सकता। उनके धनुष और बाण के सम्मुख किसका साहस है जो ठहर सके ! आप व्यर्थ इतना डर रही हैं।

सीता जी ने मुँह फेरकर कहा– मैं तुम्हारा-सा हृदय कहाँ से लाऊँ जो उनकी आवाज़ सुनकर भी निश्चिन्तता से बैठी रहूँ? सच कहा है--न भाई-सा दोस्त न भाई-सा दुश्मन। मैं तुम्हें अपना सहायक और सच्चा रक्षक समझती थी। किन्तु अब ज्ञात हुआ कि तुम भी कैकेयी से सधे-बधे हो या फिर तुम्हें यहाँ से जाते हुए भय हो रहा है कि कहीं किसी शत्रु से सामना न हो जाये। मैं तुम्हें न इतना कृतघ्न समझती थी और न इतना डरपोक।

यह ताना बाण के समान लक्ष्मण के हृदय में चुभ गया। उन्हें राम से सच्चा भ्रातृप्रेम था और सीता जी को भी वह माता के समान समझते थे। वह रामचन्द्र के एक संकेत पर जान देने को तैयार रहते थे। जहाँ राम का पसीना गिरे, वहाँ अपना रक्त बहाने में भी उन्हें खेद न था। उन्हें भय था कि कहीं मेरी अनुपस्थिति में सीता जी पर कोई विपत्ति आ गयी, कोई राक्षस आकर उन्हें छेड़ने लगा तो मैं रामचन्द्र को क्या मुँह दिखाऊँगा। उस समय जब रामचन्द्र पूछेंगे कि तुम मेरी आज्ञा के विरुद्ध सीता को अकेली छोड़कर क्यों चले गये तो मैं क्या जवाब दूँगा। किन्तु जब सीता जी ने उन्हें कृतघ्न, डरपोक

और धोखेबाज़ बना दिया, तब उनके पास अब इसके सिवा कोई चारा न रहा कि वे राम की खोज में जायें। उन्होंने धनुष और बाण उठा लिया और दुःखित होकर बोले-भाभीजी! आपने इस समय जो-जो बातें कहीं, उनकी मुझे आपसे आशा न थी। ईश्वर न करे वह दिन आये, किन्तु अवसर आयेगा तो मैं दिखा दूँगा कि भाई के लिए भाई कैसे जान देते हैं। मैं अब भी कहता हूँ कि भैया किसी खतरे में नहीं, किन्तु चूँकि आपकी आज्ञा है; उसका पालन करता हूँ। इसका उत्तरदायित्व आपके ऊपर है।

सीता का हरण

यह कहकर लक्ष्मण तो चल दिये। रावण ने जब देखा कि मैदान खाली है तो उसने एक हाथ में चिमटा उठाया। दूसरे हाथ में कमण्डल लिया और 'नारायण, नारायण !' करता हुआ सीता जी की कुटी के द्वार पर आकर खड़ा हो गया। सीता जी ने देखा कि एक जटाधारी महात्मा द्वार पर आये हैं तो बाहर निकल आयीं और महात्मा को प्रणाम करके बोलीं-कहिये महाराज, कहाँ से आना हुआ !

रावण ने आशीर्वाद देकर कहा– माता, साधु-सन्तों को तीर्थयात्रा के अतिरिक्त क्या काम है। बद्रीनाथ की यात्रा करने जा रहा हूँ, यहाँ तुम्हारा आश्रम देखकर चला आया। किन्तु यह तो बतलाओ, तुम कौन हो और यहाँ कैसे आ पड़ी हो? तुम्हारी जैसी सुन्दरी किसी महाराजा के रनिवास में रहने योग्य है। तुम इस जंगल में कैसे आ गयीं? मैंने तुम्हारे जैसा सौंदर्य कहीं नहीं देखा।

सीता ने लज्जा से सिर झुकाकर कहा– महाराज, हम लोग विपत्ति के मारे हुए हैं। मैं मिथिलापुरी के राजा जनक की पुत्री और कोशल के महाराजा दशरथ की पुत्रवधू हूँ। किन्तु भाग्य ने ऐसा पलटा खाया है कि आज जंगलों की खाक छान रही हूँ। धन्य भाग्य है कि आपके दर्शन हुए। आज यहीं विश्राम कीजिये। आज्ञा हो तो कुछ जलपान के लिए लाऊँ।

रावण– तू बड़ी दयावान है माता ! ला, जो कुछ हो, खिला दे। ईश्वर तेरा कल्याण करे।

सीता जी ने एक पत्तल में कन्दमूल और कुछ फल रखे और रावण के सामने लायीं। रावण ने पत्तल ले लेने के लिए हाथ बढ़ाया तो पत्तल के बदले सीता ही को गोद में उठाकर वह अपने रथ की ओर दौड़ा और एक क्षण में उन्हें रथ पर बिठाकर घोड़ों को हवा कर दिया। सीता जी मारे भय के मूर्च्छित हो गयीं। जब चेतना जागी तो देखा कि मैं रथ पर बैठी हूँ और वह महात्माजी रथ को उड़ाये चले जा रहे हैं। चिल्लाकर बोलीं-बाबाजी, तुम मुझे कहाँ लिये जा रहे हो, ईश्वर के लिए बतलाओ; तुम साधु के भेष में कौन हो !

रावण ने हँसकर कहा– बतला ही दूँ ? लंका का ऐश्वर्यशाली राजा रावण हूँ। तुम्हारी यह मोहिनी सूरत देखकर पागल हो रहा हूँ। अब तुम राम को भूल जाओ और उनकी जगह मुझी को पति समझो। तुम लंका के राजा के योग्य हो, भिखारी राम के योग्य नहीं।

सीता जी को मानो गोली लग गयी। आह ! मुझसे बड़ी भूल हुई कि लक्ष्मण को बलात् राम के पास भेज दिया। वह शब्द भी इसी राक्षस का था। हाय ! लक्ष्मण अन्त तक मुझे छोड़कर जाना अस्वीकार करता रहा। किन्तु मैंने न मानी। हाय ! क्या ज्ञात था कि भाग्य यों मेरे पीछे पड़ा हुआ है। दोनों भाई कुटी में जाकर मुझे न पायेंगे तो उनकी क्या दशा होगी ?

यह सोचते हुए सीता जी ने चाहा कि रथ पर से कूद पड़ें। किन्तु रावण भी असावधान न था। तुरन्त उनका विचार ताड़ गया। तुरन्त उनका हाथ पकड़ लिया और बोला-रथ से कूदने का विचार न करो सीता! तनिक देर बाद हम लंका पहुँच जाते हैं, वहाँ तुम्हें सुख और ऐश्वर्य के ऐसे सामान मिलेंगे कि तुम उस वन के जीवन को भूल जाओगी। इस कुटी के बदले तुम्हें आसमान से बातें करता हुआ राजमहल मिलेगा जिसका फर्श चाँदी का है और दीवारें सोने की, जहाँ गुलाब और कस्तूरी की सुगन्ध आठों पहर उड़ा करती हैं; और एक भिखारी पति के बदले वह पति मिलेगा जिसकी उपमा आज इस पृथ्वी पर नहीं, जिसके धन और प्रसिद्धि का कोई अनुमान भी नहीं कर सकता, जिसके द्वार पर देवता भी सिर झुकाते हैं।

सीता ने भयानक होकर कहा– बस, जबान सँभाल! कपटी राक्षस ! एक सती के साथ छल करते हुए लज्जा नहीं आती? इस पर ऐसी डीगें मार रहा है! अपना भला चाहता है तो रथ पर से उतार दे। अन्यथा याद रख-रामचन्द्र तेरा और तेरे सारे वंश का नामोनिशान मिटा देंगे। कोई तेरे नाम को रोने वाला भी न रह जायेगा। लंका जनहीन हो जायेगी। तेरे ऐश्वर्यशाली प्रासादों में गीदड़ अपनी माँद बनायेंगे और उल्लू बसेरा लेंगे। तू अभी राम और लक्ष्मण के क्रोध को नहीं जानता। खर और दूषण तेरे ही भाई थे जिनकी चौदह हजार सेना दोनों भाइयों ने बात-की-बात में नष्ट कर दी। शूर्पणखा भी तेरी ही बहन थी जो अपना सम्मान हथेली पर लिये फिरती है। तुझे लाज भी नहीं आती! अपनी जान का दुश्मन न बन। अपने और अपने वंश पर दया कर। मुझे जाने दे।

रावण ने हँसकर कहा– उसी शूर्पणखा के निरादर और खर-दूषण के रक्त का बदला ही लेने के लिए मैं तुम्हें लिये जा रहा हूँ। तुम्हें याद न होगा, मैं भी तुम्हारे स्वयंवर में सम्मिलित हुआ था किन्तु एक छोटे से धनुष को तोड़ना

अपनी मर्यादा के विरुद्ध समझ लौट आया था। मैंने तुम्हें उसी समय देखा था। उसी समय से तुम्हारी प्यारी-प्यारी सूरत मेरे हृदय पर अंकित हो गयी है। मेरा सौभाग्य तुम्हें यहाँ लाया है। अब तुम्हें नहीं छोड़ सकता। तुम्हारे हित में भी यही अच्छा है कि राम को भूल जाओ और मेरे साथ सुख से जीवन का आनन्द उठाओ। मुझे तुमसे जितना प्रेम है, उसका तुम अनुमान नहीं कर सकतीं। मेरी प्यारी पत्नी बनकर तुम सारी लंका की रानी बन जाओगी। तुम्हें किसी बात की कमी न रहेगी। सारी लंका तुम्हारी सेवा करेगी और लंका का राजा तुम्हारे चरण धो-धोकर पियेगा। इस वन में एक भिखारी के साथ रहकर क्यों अपना रूप और यौवन नष्ट कर रही हो ? मेरे ऊपर न सही, अपने ऊपर दया करो।

सीता जी ने जब देखा कि इस अत्याचारी पर क्रोध का कोई प्रभाव नहीं हुआ और यह रथ को भगाये ही लिये जाता है तो अनुनय-विनय करने लगीं- तुम इतने बड़े राजा होकर भी धर्म का लेशमात्र भी विचार नहीं करते! मैंने सुना है कि तुम बड़े विद्वान और शिवजी के भक्त हो और तुम्हारे पिता पुलस्त्य ऋषि थे। क्या तुमको मुझ पर तनिक भी दया नहीं आती? यदि यह तुम्हारा विचार है कि मैं तुम्हारा राजपाट देखकर फूल उठूँगी तो तुम्हारा विचार सर्वथा मिथ्या है। रामचन्द्र के साथ मेरा विवाह हुआ है। चाहे सूर्य पूर्व के बदले पश्चिम से निकले, चाहे पर्वत अपने स्थान से हिल जायें पर मैं धर्म के मार्ग से नहीं हट सकती। तुम व्यर्थ क्यों इतना बड़ा पाप अपने सिर लेते हो।

जब इस अनुनय का भी रावण पर कुछ प्रभाव न हुआ तो सीता हाय राम ! हाय राम! कहकर जोर-जोर से रोने लगीं। संयोग से उसी आस-पास के प्रदेश में जटायु नाम का एक साधु रहता था। वह रामचन्द्र के साथ प्रायः बैठता था और उन पर सच्चा विश्वास रखता था। उसने जब सीता को रथ पर राम का नाम लेते सुना तो उसे तुरन्त सन्देह हुआ कि कोई राक्षस सीता

को लिए जाता है। अस्त्र लेकर वह रथ के सामने जाकर खड़ा हो गया और ललकार कर बोला-तू कौन है और सीता जी को कहाँ लिये जाता है ? तुरन्त रथ रोक ले अन्यथा वह लट्ठ मारूँगा कि भेजा निकल पड़ेगा !

रावण इस समय लड़ना तो न चाहता था क्योंकि उसे राम और लक्ष्मण के आ जाने का भय था किन्तु जब जटायु मार्ग में खड़ा हो गया तो उसे विवश होकर रथ रोकना पड़ा। घोड़ों की बाग खींच ली और बोला-क्या शामत आयी है जो मुझसे छेड़छाड़ करता है! मैं लंका का राजा रावण हूँ। मेरी वीरता के समाचार तूने सुने होंगे! अपना भला चाहता है तो रास्ते से हट जा।

जटायु– तू सीता को कहाँ लिये जाता है ?

रावण– राम ने मेरी बहन की प्रतिष्ठा नष्ट की है, उसी का यह बदला है।

जटायु– यदि अपमान का बदला लेना था तो मर्दों की तरह सामने क्यों न आया? मालूम हुआ कि तू नीच और कपटी है। अभी सीता को रथ पर से उतार दे !

रावण बड़ा बली था। वह भला बेचारे जटायु की धमकियों को कब ध्यान में लाता था। लड़ने को प्रस्तुत हुआ। जटायु कमजोर था। किन्तु जान पर खेल गया। बड़ी देर तक रावण से लड़ता रहा। यहाँ तक कि उसका समस्त शरीर घावों से छलनी हो गया। तब वह बेहोश होकर गिर पड़ा और रावण ने फिर घोड़े बढ़ा दिये।

उधर लक्ष्मण कुटिया से चले तो; किन्तु दिल में पछता रहे थे कि कहीं सीता पर कोई आफत आयी तो मैं राम को मुँह दिखाने योग्य न रहूँगा। ज्यों-ज्यों आगे बढ़ते थे, उनकी हिम्मत जवाब देती जाती थी। एकाएक रामचन्द्र आते दिखायी दिये। लक्ष्मण ने आगे बढ़कर डरते-डरते पूछा-क्या आपने मुझे बुलाया था ?

राम ने इस बात का कोई उत्तर न देकर कहा– क्या तुम सीता को अकेली छोड़कर चले आये? गजब किया। यह हिरन न था, मारीच राक्षस था। हमें धोखा देने के लिए उसने यह भेष बनाया और तुम्हें धोखा देने के लिए मेरा नाम लेकर चिल्लाया था। क्या तुमने मेरी आवाज़ भी न पहचानी? मैंने तो तुम्हें आज्ञा दी थी कि सीता को अकेली न छोड़ना। मारीच की युक्ति काम कर गयी। अवश्य सीता पर कोई विपत्ति आयी। तुमने बुरा किया।

लक्ष्मण ने सिर झुकाकर कहा– भाभीजी ने मुझे बलात् भेज दिया। मैं तो आता ही न था, पर जब वह ताने देने लगीं तो क्या करता!

राम ने तीक्ष्ण दृष्टि से देखकर कहा-तुमने उनके तानों पर ध्यान दिया किन्तु मेरे आदेश का विचार न किया। मैं तो तुम्हें इतना बुद्धिहीन न समझता था। अच्छा चलो, देखें भाग्य में क्या लिखा है।

दोनों भाई लपके हुए अपनी कुटी पर आये। देखा तो सीता का कहीं पता नहीं। होश उड़ गये। विकल होकर इधर-उधर चारों तरफ दौड़-दौड़कर सीता को ढूँढ़ने लगे। उन पेड़ों के नीचे जहाँ प्रायः मोर नाचते थे, नदी के किनारे जहाँ हिरन कुलेलें करते थे, सब कहीं छान डाला किन्तु कहीं चिह्न न मिला। लक्ष्मण तो कुटी के द्वार पर बैठकर जोर-जोर से चीखें मार-मारकर रोने लगे किन्तु रामचन्द्र की दशा पागलों की-सी हो गयी।

सभी वृक्षों से पूछते, तुमने सीता को तो नहीं देखा? चिड़ियों के पीछे दौड़ते और पूछते, तुमने मेरी प्यारी सीता को देखा हो तो बता दो, गुफाओं में जाकर चिल्लाते-कहाँ गयी? सीता कहाँ गयी, मुझ अभागे को छोड़कर कहाँ गयी? हवा के झोंकों से पूछते, तुमको भी मेरी सीता की कुछ खबर नहीं! सीता जी मुझे तीनों लोक से अधिक प्रिय थीं, जिसके साथ यह वन भी मेरे लिए उपवन बना हुआ था, यह कुटी राज-प्रासाद को भी लज्जित करती थी, वह मेरी प्यारी सीता कहाँ चली गयी।

इस प्रकार व्याकुलता की दशा में वह बढ़ते चले जाते थे। लक्ष्मण उनकी दशा देखकर और भी घबराये हुए थे। रामचन्द्र की दशा ऐसी थी मानो सीता के वियोग में जीवित न रह सकेंगे। लक्ष्मण रोते थे कि कैकेयी के सिर यदि वनवास का अभियोग लगा तो मेरे सिर सत्यानाश का अभियोग आयेगा। यदि रामचन्द्र को सँभालने की चिन्ता न होती तो सम्भवतः वे उसी समय अपने जीवन का अन्त कर देते। एकाएक एक वृक्ष के नीचे जटायु को पड़े कराहते देखकर रामचन्द्र रुक गये, बोले-जटायु! तुम्हारी यह क्या दशा है? किस अत्याचारी ने तुम्हारी यह गति बना डाली ?

जटायु रामचन्द्र को देखकर बोला– आप आ गये? बस, इतनी ही कामना थी अन्यथा अब तक प्राण निकल गया होता। सीता जी को लंका का राक्षस रावण हर ले गया है। मैंने चाहा कि उनको उसके हाथ से छीन लूँ। उसी के साथ लड़ने में मेरी यह दशा हो गयी। आह! बड़ी पीड़ा हो रही है। अब चला।

राम ने जटायु का सिर अपनी गोद में रख लिया। लक्ष्मण दौड़े कि पानी लाकर उसका मुँह तर करें किन्तु इतने में जटायु के प्राण निकल गये। इस वन में एक सहायक था, वह भी मर गया। राम को इसके मरने का बहुत खेद हुआ। बहुत देर तक उसके निष्प्राण शरीर को गोद में लिये रोते रहे। ईश्वर से बार-बार यही प्रार्थना करते थे कि इसे स्वर्ग में सबसे अच्छी जगह दीजियेगा क्योंकि इस वीर ने एक दुखियारी की सहायता में प्राण दिये हैं और औचित्य की सहायता के लिए रावण जैसे बली पुरुष के सम्मुख जाने से भी न हिचका। यही मित्रता का धर्म है। यही मनुष्यता का धर्म है। वीर जटायु का नाम उस समय तक जीवित रहेगा, जब तक राम का नाम जीवित रहेगा।

लक्ष्मण ने इधर-उधर से लकड़ी बटोरकर चिता तैयार की, रामचन्द्र ने मृत शरीर उस पर रखा और वेदमन्त्रों का पाठ करते हुए उसकी दाह-क्रिया की। फिर वहाँ से आगे बढ़े। अब उन्हें सीता का पता मिल गया था, इस बात की व्याकुलता न थी कि सीता कहाँ गयीं। यह चिन्ता थी कि रावण से सीता को कैसे छीन लेना चाहिए। इस काम के लिए सहायकों की आवश्यकता थी। बहुत बड़ी सेना तैयार करनी पड़ेगी, लंका पर आक्रमण करना पड़ेगा। यह चिन्ताएँ पैदा हो गयी थीं। चलते-चलते सूरज डूब गया। राम को अब किसी बात की सुधि न थी किन्तु लक्ष्मण को यह विचार हो रहा था कि रात कहाँ काटी जाये। न कोई गाँव दिखायी देता था, न किसी ऋषि का आश्रम। इसी चिंता में थे कि सामने वृक्षों के एक कुंज में एक झोंपड़ी दिखायी दी। दोनों आदमी उस झोंपड़ी की ओर चले। यह झोंपड़ी एक भीलनी की थी जिसका नाम शबरी था। उसे जो ज्ञात हुआ कि यह दोनों भाई अयोध्या के राजा दशरथ के पुत्र हैं तो मारे खुशी के फूली न समायी, बोली-धन्य मेरे भाग्य कि आप मेरी झोंपड़ी तक आये। आपके चरणों से मेरी झोंपड़ी पवित्र हो गयी। रात भर यहीं विश्राम कीजिए। यह कहकर वह जंगल में गयी और ताजे फल तोड़ लायी। कुछ जंगली बेर थे, कुछ करौंदे, कुछ शरीफे। शबरी खूब रसीले, पके हुए फल ही चुन रही थी। इस भय से कि कोई खट्टा न निकल जाये, वह प्रायः फलों को कुतरकर उनका स्वाद ले लेती। भीलनी क्या जानती थी कि जूठी चीज खाने के योग्य नहीं रहती। इस प्रकार वह एक टोकरी फलों से भर लायी और खाने के लिए अनुरोध करने लगी। इस समय दुःख के मारे उनका जी कुछ खाने को तो न चाहता था किन्तु शबरी का सत्कार स्वीकार था। यह कितने प्रेम से जंगल से फल लायी है, इसका विचार तो करना ही पड़ेगा। जब फल खाने आरम्भ किये तो कोई-कोई कुतरे हुए दिखायी दिये किन्तु दोनों भाइयों ने फलों को और भी प्रेम के साथ खाया, मानो वह जूठे थे किन्तु उनमें प्रेम का रस भरा हुआ था। दोनों भाई बैठे फल खा रहे थे और शबरी खड़ी

पंखा झल रही थी। उसे यह डर लगा हुआ था कि कहीं मेरे फल खट्टे या कच्चे न निकल जायें नहीं तो ये लोग भूखे रह जायेंगे। शायद मुझे घुड़कियाँ भी दें। राजा हैं ही, क्या ठिकाना। किन्तु जब उन लोगों ने खूब बखान-बखान कर फल खाये तो उसे मानो स्वर्ग का ठेका मिल गया।

दोनों भाइयों ने रात वहीं व्यतीत की। प्रातः शबरी से विदा होकर आगे बढ़े।

उधर रावण रथ को भगाता हुआ पंपासर पहाड़ के निकट पहुँचा तो सीता जी ने देखा कि पहाड़ पर कई बन्दरों की-सी सूरत वाले आदमी बैठे हुए हैं। सीता जी ने विचार किया कि रामचन्द्र मुझे ढूँढ़ते हुए अवश्य इधर आवेंगे। इसलिए उन्होंने अपने कई आभूषण और चादर रथ के नीचे डाल दिये कि संभवतः इन लोगों की दृष्टि इन चीजों पर पड़ जाये और वह रामचन्द्र को मेरा पता बता सकें। आगे चलकर तुमको मालूम होगा कि सीता जी की इस कुशलता से रामचन्द्र को उनका पता लगाने में बड़ी सहायता मिली।

लंका पहुँचकर रावण ने सीता जी को अपने महल, बाग, खजाने, सेनायें सब दिखायीं। वह समझता था कि मेरे ऐश्वर्य और धन को देखकर सीता जी लालच में पड़ जायेंगी। उसका महल कितना सुन्दर था, उपवन कितने नयनाभिराम थे, सेनायें कितनी असंख्य और नये-नये अस्त्र-शस्त्रों से कितनी सजी हुई थीं, कोष कितना असीम था, उसमें कितने हीरे-जवाहर भरे हुए थे! किन्तु सीता जी पर इस सेना का भी कुछ प्रभाव न हुआ। उन्हें विश्वास था कि रामचन्द्र के बाणों के सामने यह सेनायें कदापि न ठहर सकेंगी। जब रावण ने देखा कि सीता जी ने मेरे इस ठाट-बाट की तिनके बराबर भी परवाह न की तो बोला-तुम्हें अब भी मेरे बल का अनुमान नहीं हुआ? क्या तुम अब भी समझती हो कि रामचन्द्र तुम्हें मेरे हाथों से छुड़ा ले जायेंगे ? इस विचार को मन से निकाल डालो।

सीता जी ने घृणा की दृष्टि से उसकी ओर देखकर कहा-इस विचार को मैं हृदय से किसी प्रकार नहीं निकाल सकती। रामचन्द्र अवश्य मुझे ले जायेंगे और तुझे इस दुष्टता और नीचता का मजा भी चखायेंगे। तेरी सारी सेना, सारा धन, सारे अस्त्र-शस्त्र धरे रह जायेंगे। उनके बाण मृत्यु के बाण हैं। तू उनसे न बच सकेगा। वह आन की आन में तेरी यह सोने की लंका राख और काली कर देंगे। तेरे वंश में कोई दीपक जलाने वाला भी न रह जायेगा। यदि तुझे अपने जीवन से कुछ प्रेम हो तो मुझे उनके पास पहुँचा दे और उनके चरणों पर नम्रता से गिरकर अपनी धृष्टता की क्षमा माँग ले। वह बड़े दयालु हैं। तुझे क्षमा कर देंगे। किन्तु यदि तू अपनी दुष्टता से बाज न आया तो तेरा सत्यानाश हो जायेगा।

रावण क्रोध से जल उठा। महल के समीप ही अशोक-वाटिका नाम का एक उपवन था, रावण ने सीता जी को उसी में ठहरा दिया और कई राक्षसी स्त्रियों को इसलिए नियुक्त किया कि वह सीता को सतायें और हर प्रकार का कष्ट पहुँचाकर इन्हें उसकी ओर आकृष्ट करने के लिए विवश करें; अवसर पाकर उसकी प्रशंसा से भी सीता जी को आकर्षित करें। यह प्रबन्ध करके वह तो चला गया किन्तु राक्षसी स्त्रियाँ थोड़े ही दिनों में सीता जी की नेकी और सज्जनता और पति का सच्चा प्रेम देखकर उनसे प्रेम करने लग गयीं और उन्हें कष्ट पहुँचाने के बदले हर तरह का आराम देने लगीं। वह सीता जी को आश्वासन भी देती रहती थीं। हाँ, जब रावण आ जाता तो उसे दिखाने के लिए सीता पर दो-चार घुड़कियाँ जमा देती थीं।

अध्याय-4

किष्किन्धा कांड एवं सीता जी की खोज

राम और लक्ष्मण सीता की खोज में पर्वत और वनों की खाक छानते चले जाते थे कि सामने ऋष्यमूक पहाड़ दिखायी दिया। उसकी चोटी पर सुग्रीव अपने कुछ निष्ठावान साथियों के साथ रहा करता था। यह मनुष्य किष्किन्धा नगर के राजा बालि का छोटा भाई था। बालि ने एक बात पर असन्तुष्ट होकर उसे राज्य से निकाल दिया था और उसकी पत्नी रूमा को छीन लिया था। सुग्रीव भागकर इस पहाड़ पर चला आया और यद्यपि वह छिपकर रहता था, फिर भी उसे यह शंका बनी रहती थी कि कहीं बालि उसका पता न लगा ले और उसे मारने के लिए किसी को भेज न दे। उसने राम और लक्ष्मण को धनुष और बाण लिये जाते देखा तो प्राण सूख गये। विचार आया कि हो न हो बालि ने इन दोनों वीर युवकों को मुझे मारने के लिये भेजा है। अपने आज्ञाकारी मित्र हनुमान से बोला-भाई, मुझे तो इन दोनों आदमियों से भय लगता है। बालि ने इन्हें मुझे मारने के लिए भेजा है। अब बताओ, कहाँ जाकर छिपूँ ?

हनुमान सुग्रीव के सच्चे हितैषी थे। इस निर्धनता में और सब साथियों ने सुग्रीव से मुँह मोड़ लिया था। उसकी बात भी न पूछते थे, किन्तु हनुमान बड़े बुद्धिमान थे और जानते थे कि सच्चा मित्र वही है जो संकट में साथ दे। अच्छे दिनों में तो शत्रु भी मित्र बन जाते हैं। उन्होंने सुग्रीव को समझाया-आप इतना डरते क्यों हैं। मुझे इन दोनों आदमियों के चेहरे से मालूम होता

है कि यह बहुत सज्जन और दयालु हैं। मैं अभी उनके पास जाकर उनका हालचाल पूछता हूँ। यह कहकर हनुमान ने एक ब्राह्मण का भेष बनाया, माथे पर तिलक लगाया, जनेऊ पहना, पोथी बगल में दबायी और लाठी टेकते हुए रामचन्द्र के पास जाकर बोले-आप लोग यहाँ कहाँ से आ रहे हैं? मुझे तो ऐसा प्रतीत होता है कि आप लोग परदेशी हैं और सम्भवतः आपका कोई साथी खो गया है।

रामचन्द्र ने कहा– हाँ, देवताजी! आपका विचार ठीक है। हम लोग परदेशी हैं। दुर्भाग्य के मारे अयोध्या का राज्य छोड़कर यहाँ वनों में भटक रहे हैं। उस पर नयी विपत्ति यह पड़ी कि कोई मेरी पत्नी सीता को उठा ले गया। उसकी खोज में इधर आ निकले। देखें, अभी कहाँ-कहाँ ठोकरें खानी पड़ती हैं।

हनुमान ने सहानुभूतिपूर्ण भाव से कहा– महाराज, घबराने की कोई बात नहीं है। आप अयोध्या के राजकुमार हैं, तो हम लोग आपके सेवक हैं। मेरे साथ पहाड़ पर चलिये। यहाँ राजा सुग्रीव रहते हैं। उन्हें बालि ने किष्किन्धापुरी से निकाल दिया है। बड़े ही नेक और सज्जन पुरुष हैं, यदि उनसे आपकी मित्रता हो गयी तो फिर बड़ी ही सरलता से आपका काम निकल जायेगा। वह चारों तरफ अपने आदमी भेजकर पता लगायेंगे और ज्यों-ही पता मिला, अपनी विशाल सेना लेकर महारानी जी को छुड़ा लायेंगे। उन्हें आप अपना सेवक समझिये।

राम ने लक्ष्मण से कहा– मुझे तो यह आदमी हृदय से निष्कपट और सज्जन मालूम होता है। इसके साथ जाने में कोई हर्ज नहीं मालूम होता। कौन जाने, सुग्रीव ही से हमारा काम निकले। चलो, तनिक सुग्रीव से भी मिल लें।

दोनों भाई हनुमान के साथ पहाड़ पर पहुँचे। सुग्रीव ने दौड़कर उनकी अभ्यर्थना की और लाकर अपने बराबर सिंहासन पर बैठाया।

हनुमान ने कहा– आज बड़ा शुभ दिन है कि अयोध्या के धर्मात्मा राजा राम किष्किन्धापुरी के राजा सुग्रीव के अतिथि हुए हैं। आज दोनों मिलकर इतने बलवान हो जायेंगे कि कोई सामना न कर सकेगा। आपकी दशा एक-सी है और आप दोनों को एक दूसरे की सहायता की आवश्यकता है। राजा सुग्रीव महारानी सीता की खोज करेंगे और महाराज रामचन्द्र बालि को मारकर सुग्रीव को राजा बनायेंगे और रानी रुमा को वापस दिला देंगे। इसलिए आप दोनों अग्नि को साक्षी बना कर प्रण कीजिये कि सदा एक दूसरे की सहायता करते रहेंगे, चाहे उसमें कितना ही संकट हो।

आग जलायी गयी। राम और सुग्रीव उसके सामने बैठे और एक दूसरे की सहायता करने का निश्चय और प्रण किया। फिर बात होने लगी। सुग्रीव ने पूछा-आपको ज्ञात है कि सीता जी को कौन उठा ले गया? यदि उसका नाम ज्ञात हो जाये तो सम्भवतः मैं सीता जी का सरलता से पता लगा सकूँ।

राम ने कहा– यह तो जटायु से ज्ञात हो गया है भाई ! वह लंका के राजा रावण की दुष्टता है। उसी ने हम लोगों को छलकर सीता को हर लिया और अपने रथ पर बिठाकर ले गया।

अब सुग्रीव को उन आभूषणों की याद आयी जो सीता जी ने रथ पर से नीचे फेंके थे। उसने उन आभूषणों को मँगवाकर रामचन्द्र के सामने रख दिया और बोला-आप इन आभूषणों को देखकर पहचानिये कि यह महारानी सीता के तो नहीं हैं? कुछ समय हुआ, एक दिन एक रथ इधर से जा रहा था। किसी स्त्री ने उस पर से यह गहने फेंक दिये थे। मुझे तो प्रतीत होता है, वह सीता जी ही थीं। रावण उन्हें लिये चला जाता था। जब कुछ वश न चला तो उन्होंने यह आभूषण गिरा दिये कि शायद आप इधर आयें और हम लोग आपको उनका पता बता सकें।

आभूषणों को देखकर रामचन्द्र की आँखों से आँसू गिरने लगे। एक दिन वह था कि यह गहने सीता जी के तन पर शोभा देते थे। आज यह इस प्रकार

मारे-मारे फिर रहे हैं। मारे दुःख के वह इन गहनों को देख न सके, मुँह फेरकर लक्ष्मण से कहा-भैया, तनिक देखो तो, यह तुम्हारी भाभी के आभूषण हैं?

लक्ष्मण ने कहा– भाई साहब, इस गले के हार और हाथों के कंगन के विषय में तो मैं कुछ निवेदन नहीं कर सकता क्योंकि मैंने कभी भाभी के चेहरे की ओर देखने का साहस नहीं किया। हाँ, पाँव के बिछुए और पायजेब भाभी के ही हैं। मैं उनके चरणों को छूते समय प्रतिदिन इन चीजों को देखता रहा हूँ। निस्संदेह यह चीजें देवी जी की ही हैं।

सुग्रीव बोला– तब तो इसमें संदेह नहीं कि दक्षिण की ओर ही सीता का पता लगेगा। आप जितने शीघ्र मुझे राज्य दिला दें, उतने ही शीघ्र मैं आदमियों को उधर भेजने का प्रबन्ध करूँ। किन्तु यह समझ लीजिये कि बालि अत्यन्त बलवान पुरुष है और युद्ध के कौशल भी खूब जानता है। मुझे यह संतोष कैसे होगा कि आप उस पर विजय पा सकेंगे? वह एक बाण से तीन वृक्षों को एक ही साथ छेद डालता है।

पर्वत के नीचे सात वृक्ष एक ही पंक्ति में लगे हुए थे। रामचन्द्र ने बाण को धनुष पर लगाकर छोड़ा तो वह सातों वृक्षों को पार करता हुआ फिर तरकश में आ गया। रामचन्द्र का यह कौशल देखकर सुग्रीव को विश्वास हो गया कि यह बालि को मार सकेंगे। दूसरे दिन उसने हथियार साजे और बड़ी वीरता से बालि के सामने जाकर बोला- ओ अत्याचारी ! निकल आ ! आज मेरी और तेरी अन्तिम बार मुठभेड़ हो जाये। तूने मुझे अकारण ही राज्य से निकाल दिया है। आज तुझे उसका मजा चखाऊँगा।

बालि ने कई बार सुग्रीव को पछाड़ दिया था। पर हर बार तारा के सिफारिश करने पर उसे छोड़ दिया था। यह ललकार सुनकर क्रोध से लाल हो गया और बोला-मालूम होता है तेरा काल आ गया है। क्यों व्यर्थ अपनी जान का दुश्मन हुआ है? जा, चोरों की तरह पहाड़ों पर छिपकर बैठ। तेरे रक्त से क्या हाथ रँगूँ।

तारा ने बालि को अकेले में बुलाकर कहा– मैंने सुना है कि सुग्रीव ने अयोध्या के राजा रामचन्द्र से मित्रता कर ली है। वह बड़े वीर हैं। तुम उसका थोड़ा बहुत भाग देकर राजी कर लो। इस समय लड़ना उचित नहीं।

किन्तु बालि अपने बल के अभिमान में अन्धा हो रहा था। बोला-सुग्रीव एक नहीं, सौ राजाओं को अपनी सहायता के लिये बुला लाये, मैं लेशमात्र परवाह नहीं करता। जब मैंने रावण की कुछ हकीकत नहीं समझी तो रामचन्द्र की क्या हस्ती है। मैंने समझा दिया है किन्तु वह मुझे लड़ने पर विवश करेगा तो उसका दुर्भाग्य। अबकी मार ही डालूँगा। सदैव के लिए झगड़े का अन्त कर दूँगा।

बालि जब बाहर आया तो देखा, सुग्रीव अभी तक खड़ा ललकार रहा है। तब उससे सहन न हो सका। अपनी गदा उठा ली और सुग्रीव पर झपटा। सुग्रीव पीछे हटता हुआ बालि को उस स्थान तक लाया जहाँ रामचन्द्र धनुष बाण लिये घात में बैठे थे। उसे आशा थी कि अब रामचन्द्र बाण छोड़कर बालि का अन्त कर देंगे। किन्तु जब कोई बाण न आया और बालि उस पर वार करता ही गया, तब तो सुग्रीव जान लेकर भागा और पर्वत की एक गुफा में छिप गया। बालि ने भागे हुए शत्रु का पीछा करना अपनी मर्यादा के विरुद्ध समझकर मूँछों पर ताव देते हुए घर का रास्ता लिया।

थोड़ी देर के पश्चात जब रामचन्द्र सुग्रीव के पास आये तो वह बिगड़कर बोला- वाह साहब वाह! आपने तो आज मेरी जान ही ले ली थी। मुझसे तो कहा कि मैं पेड़ की आड़ से बालि को मार गिराऊँगा और तीर के नाम पर एक तिनका भी न छोड़ा! जब आप बालि से इतना डरते थे तो मुझे लड़ने के लिए भेजा ही क्यों था? मैं तो बड़े आनन्द से यहाँ छिपा बैठा था। मैं न जानता था कि आप वचन से इतना मुँह मोड़ने वाले हैं। भाग न आता तो उसने आज मुझे मार ही डाला था।

राम ने लज्जित होकर कहा– सुग्रीव , मैं अपने वचन को भूला न था और न बालि से डर ही रहा था। बात यह थी कि तुम दोनों भाई शकल-सूरत में इतना मिलते-जुलते हो कि मैं दूर से पहचान ही न सका कि तुम कौन हो और कौन बालि। डरता था कि मारूँ तो बालि को और तीर लग जाये तुम्हें। बस, इतनी-सी बात थी। कल तुम एक माला गले में पहनकर फिर उससे लड़ो। इस प्रकार मैं तुम्हें पहचान जाऊँगा और एक बाण में बालि का अन्त कर दूँगा।

दूसरे दिन सुग्रीव ने फिर जाकर बालि को ललकारा– कल मैंने तुम्हें बड़ा भाई समझकर छोड़ दिया था, अन्यथा चाहता तो चटनी कर डालता। मुझे आशा थी कि तू मेरे इस व्यवहार से कुछ नरम होगा और मेरे आधे राज्य के साथ मेरी पत्नी को मुझे वापस कर देगा किन्तु तूने मेरे व्यवहार का कुछ आदर न किया। इसलिए आज मैं फिर लड़ने आया हूँ। आज फैसला ही करके छोड़ूँगा।

बालि तुरन्त निकल आया। सुग्रीव के डींग मारने पर आज उसे बड़ा क्रोध आया। उसने निश्चय कर लिया था कि आज इसे जीवित न छोड़ूँगा। दोनों फिर उसी मैदान में आकर लड़ने लगे। बालि ने तनिक देर में सुग्रीव को दे पटका और उसकी छाती पर सवार होकर चाहता था कि उसका सिर काट ले कि एकाएक किसी ओर से एक ऐसा तीर आकर उसके सीने में लगा कि तुरन्त नीचे गिर पड़ा। सीने से रुधिर की धारा बहने लगी। उसकी समझ में न आया कि यह तीर किसने मारा! उसके राज्य में तो कोई ऐसा पुरुष न था जिसके तीर में इतना बल होता।

वह इसी असमंजस में पड़ा चिल्ला रहा था कि राम और लक्ष्मण धनुष और बाण लिये सामने आ खड़े हुए। बालि समझ गया कि रामचन्द्र ने ही उसे तीर मारा है। बोला- क्यों महाराज! मैंने तो सुना था कि तुम बड़े धर्मात्मा

वीर हो। क्या तुम्हारे देश में इसी को वीरता कहते हैं कि किसी आदमी पर छिपकर वार किया जाये! मैंने तो तुम्हारा कुछ नहीं बिगाड़ा था !

रामचन्द्र ने उत्तर दिया– मैंने तुम्हें इसलिए नहीं मारा कि तुम मेरे शत्रु हो, किन्तु इसलिए कि तुमने अपने वंश पर अत्याचार किया है और सुग्रीव की पत्नी को अपने घर में रख लिया। ऐसे आदमी का वध करना पाप नहीं है। तुम्हें अपने सगे भाई के साथ ऐसा दुर्व्यवहार नहीं करना चाहिए था। तुम समझते हो कि राजा स्वतन्त्र है, वह जो चाहे कर सकता है। यह तुम्हारी भूल है। राजा उसी समय तक स्वतंत्र है जब तक वह सज्जनता और न्याय के मार्ग पर चलता है। जब वह नेकी के रास्ते से हट जाये तो प्रत्येक मनुष्य का, जो पर्याप्त बल रखता हो, उसे दण्ड देने का अधिकार है। इसके अतिरिक्त सुग्रीव मेरा मित्र है और मित्र का शत्रु मेरा शत्रु है। मेरा कर्तव्य था कि मैं अपने मित्र की सहायता करता।

बालि को घातक घाव लगा था। जब उसे विश्वास हो गया कि अब मैं कुछ क्षणों का और मेहमान हूँ तो उसने अपने पुत्र अंगद को बुलाकर सिपुर्द किया और बोला-सुग्रीव ! अब मैं इस संसार से बिदा हो रहा हूँ। इस अनाथ लड़के को अपना पुत्र समझना। यही तुमसे मेरी अन्तिम विनती है। मैंने जो कुछ किया, उसका फल पाया। तुमसे मुझे कोई शिकायत नहीं। जब दो भाई लड़ते हैं तो विनाश के सिवाय और फल क्या हो सकता है! बुराइयों को भूल जाओ। मेरे दुर्व्यवहारों का बदला इस अनाथ लड़के से न लेना। इसे ताने न देना। मेरी दशा से पाठ लो और सत्य के रास्ते से चलो। यह कहते-कहते बालि के प्राण निकल गये। सुग्रीव किष्किंधापुरी का राजा हुआ और अंगद राज्य का उत्तराधिकारी बनाया गया। रूमा फिर सुग्रीव की रानी हो गयी।

हनुमान

बरसात का मौसम आया। नदी-नाले, झील-तालाब पानी से भर गये। मैदानों में हरियाली लहलहाने लगी। पहाड़ियों पर मोरों ने शोर मचाना प्रारम्भ किया। आकाश पर काले-काले बादल मँडराने लगे। राम और लक्ष्मण ने सारी बरसात पहाड़ की गुफा में व्यतीत की। यहाँ तक कि बरसात गुजर गयी और जाड़ा आया। पहाड़ी नदियों की धारा धीमी पड़ गयी, कास के वृक्ष सफेद फूलों से लद गये। आकाश स्वच्छ और नीला हो गया। चाँद का प्रकाश निखर गया। किन्तु सुग्रीव ने अब तक सीता को ढूँढ़ने का कोई प्रबन्ध न किया। न राम-लक्ष्मण ही की कुछ सुध ली। एक समय तक विपत्तियाँ झेलने के पश्चात राज्य का सुख पाकर विलास में डूब गया। अपना वचन याद न रहा। अन्त में रामचन्द्र ने प्रतीक्षा से तंग आकर एक दिन लक्ष्मण से कहा-देखते हो सुग्रीव की कृतघ्नता! जब तक बालि न मरा था, तब तक तो रात दिन खुशामद किया करता था और जब राज मिल गया और किसी शत्रु का भय न रहा तो हमारी ओर से बिल्कुल निश्चिंत हो गया। तुम तनिक जाकर उसे एक बार याद तो दिला दो। यदि मान जाये तो शुभ, अन्यथा जिस बाण से बालि को मारा, उसी बाण से सुग्रीव का अन्त कर दूँगा।

लक्ष्मण तुरन्त किष्किन्धा नगरी में प्रविष्ट हुए और सुग्रीव के पास जाकर कहा- क्यों साहब ! सज्जनता और भलमनसी के यही अर्थ हैं कि जब तक अपना स्वार्थ था, तब तक तो रात दिन घेरे रहते थे और जब राज्य मिला तो सारे वायदे भूल बैठे? कुशल चाहते हो तो तुरन्त अपनी सेना को सीता की खोज में रवाना करो अन्यथा फल अच्छा न होगा। जिन हाथों ने बालि का एक क्षण में अन्त कर दिया, उन्हें तुमको मारने में क्या देर लगती है। रास्ता देखते-देखते हमारी आँखें थक गयीं किन्तु तुम्हारी नींद न टूटी। तुम इतने

शील-रहित और स्वार्थी हो? मैं तुम्हें एक मास का समय देता हूँ। यदि इस अवधि के अन्दर सीता जी का कुछ पता न चल सका तो तुम्हारी कुशल नहीं।

सुग्रीव को मारे लज्जा के सिर उठाना कठिन हो गया। लक्ष्मण से अपनी भूलों की क्षमा माँगी और बोला-वीर लक्ष्मण ! मैं अत्यन्त लज्जित हूँ कि अब तक अपना वचन न पूरा कर सका। श्री रामचन्द्र ने मुझ पर जो एहसान किया, उसे मरते दम तक न भूलूँगा। अब तक मैं राज्य की परेशानियों में फँसा हुआ था। अब दिल और जान से सीता जी की खोज करूँगा। मुझे विश्वास है कि एक महीने में मैं उनका पता लगा दूँगा।

यह कहकर वह लक्ष्मण के साथ ऋष्यमूक पर्वत पर चला आया जहाँ राम और लक्ष्मण रहते थे। और यहीं से सीता जी की तलाश करने का प्रबन्ध करने लगा। विश्वासी और परीक्षा-युक्त आदमियों को चुन-चुन कर देश के हरेक हिस्से में भेजना शुरू किया। कोई पंजाब और कंधार की तरफ गया, कोई बंगाल की ओर, कोई हिमालय की ओर। हनुमान उन आदमियों में सबसे वीर और अनुभवी थे। उन्हें उसने दक्षिण की ओर भेजा। क्योंकि अनुमान था कि रावण सीता को लेकर लंका की ओर गया होगा। हनुमान की मदद के लिये अंगद, जामवंत, नील, नल इत्यादि वीरों को तैनात किया। रामचन्द्र हनुमान से बोले-मुझे आशा है कि सफलता का सेहरा तुम्हारे ही सिर रहेगा।

हनुमान से कहा– यदि आपका यह आशीर्वाद है तो अवश्य सफल होऊँगा। आप मुझे कोई ऐसी निशानी दे दीजिये, जिसे दिखाकर मैं सीता जी को विश्वास दिला सकूँ।

रामचन्द्र ने अपनी अंगूठी निकालकर हनुमान को दे दी और बोले– यदि सीता से तुम्हारी मुलाकात हो तो उन्हें समझाकर कहना कि राम और लक्ष्मण तुम्हें बहुत शीघ्र छुड़ाने आयेंगे। जिस प्रकार इतने दिन काटे हैं, उसी प्रकार थोड़े दिन और सबर करें। उनको खूब ढाढ़स देना कि शोक न करें। यह समय

का उलटफेर है। न इस तरह रहा, न उस तरह रहेगा। यदि ये विपत्तियाँ न झेलनी होतीं तो हमारा वनवास ही क्यों होता। राज्य छोड़कर जंगलों में मारे-मारे फिरते। हर हालत में ईश्वर पर भरोसा रखना चाहिये, हम सब उसी की इच्छा के पुतले हैं।

हनुमान अंगूठी लेकर अपने सहायकों के साथ चले। किन्तु कई दिन के बाद जब लंका का कुछ ठीक पता न चला और रसद का सामान सब-का-सब खर्च हो गया तो अंगद और उनके कई साथी वापस चलने को तैयार हो गये। अंगद उनका नेता बन बैठा। यद्यपि वह सुग्रीव की आज्ञा का पालन कर रहा था पर अभी तक अपने पिता का शोक उसके दिल में ताजा था। एक दिन उसने कहा-भाइयों, मैं तो अब आगे नहीं जा सकता। न हमारे पास रसद है, न यही खबर है कि अभी लंका कितनी दूर है। इस प्रकार घास-पात खाकर हम लोग कितने दिन रहेंगे? मुझे तो ऐसा प्रतीत होता है कि चाचा सुग्रीव ने हमें इधर इसलिए भेजा है कि हम लोग भूख-प्यास से मर जायें और उसे मेरी ओर से कोई खटका न रहे। इसके सिवाय उसका और अभिप्राय नहीं। आप तो वहाँ आनन्द से बैठे राज कर रहे हैं और हमें मरने के लिए इधर भेज दिया है। वही रामचन्द्र तो हैं जिन्होंने मेरे पिता को छल से कत्ल किया। मैं क्यों उनकी पत्नी की खोज में जान दूँ? मैं तो अब किष्किन्धा नगर जाता हूँ और आप लोगों को भी यही सलाह देता हूँ।

और लोग तो अंगद के साथ लौटने पर लगभग प्रस्तुत से हो गये किन्तु हनुमान ने कहा-जिन लोगों को अपने वचन का ध्यान न हो, वह लौट जायें। मैंने तो प्रण कर लिया है कि सीता जी का पता लगाये बिना न लौटूँगा, चाहे इस कोशिश में जान ही क्यों न देनी पड़े। पुरुषों की बात प्राण के साथ है। वह जो वायदा करते हैं, उससे कभी पीछे नहीं हटते। हम रामचन्द्र के साथ अपने कर्तव्य का पालन न करके अपनी समस्त जाति को कलंकित नहीं कर

सकते। आप लोग लक्ष्मण के क्रोध से अभिज्ञ नहीं, मैं उनका क्रोध देख चुका हूँ। यदि आप लोग वायदा न पूरा कर सके तो समझ लीजिये कि किष्किन्धा का राज्य नष्ट हो जायेगा।

हनुमान के समझाने का सबके ऊपर प्रभाव हुआ। अंगद ने देखा कि मैं अकेला ही रह जाता हूँ तो उसने भी विप्लव का विचार छोड़ दिया। एक बार फिर सबने मजबूत कमर बाँधी और आगे बढ़े। बेचारे दिन भर इधर-उधर भटकते और रात को किसी गुफा में पड़े रहते थे। सीता जी का कुछ पता न चलता था। यहाँ तक कि भटकते हुए एक महीने के करीब गुजर गया। राजा सुग्रीव ने चलते समय कह दिया था कि यदि तुम लोग एक महीने के अन्दर सीता जी का पता लगाकर न लौटोगे तो मैं किसी को जीवित न छोड़ूँगा । और यहाँ यह हाल था कि सीता जी की कुछ खबर ही नहीं। सब-के-सब जीवन से निराश हो गये। समझ गये कि इसी बहाने से मरना था। इस तरह लौटकर मारे जाने से तो यह कहीं अच्छा है कि यहीं कहीं डूब मरें।

एक दिन विपत्ति के मारे यह बैठे सोच रहे थे कि किधर जायें कि उन्हें एक बूढ़ा साधु आता हुआ दिखायी दिया। बहुत दिनों के बाद इन लोगों को आदमी की सूरत दिखायी दी। सबने दौड़कर उसे घेर लिया और पूछने लगे-क्यों बाबा, तुमने कहीं रानी सीता को देखा है, कुछ बतला सकते हो, वह कहाँ हैं ?

इस साधु का नाम सम्पाति था। वह उस जटायु का भाई था जिसने सीता जी को रावण से छीन लेने की कोशिश में अपनी जान दे दी थी। दोनों भाई बहुत दिनों से अलग-अलग रहते थे। बोला-हाँ भाई, सीता को लंका का राजा रावण अपने रथ पर ले गया है। कई सप्ताह हुए, मैंने सीता जी को रोते हुए रथ पर जाते देखा था। क्या करूँ, बुढ़ापे से लाचार हूँ वरना रावण से अवश्य लड़ता। तब से इसी फिक्र में घूम रहा हूँ कि कोई मिल जाये तो उससे यह

समाचार कह दूँ। कौन जाने कब मृत्यु आ जाये। तुम लोग खूब मिले। अब मैंने अपना कर्तव्य पूरा कर दिया।

हनुमान ने पूछा– लंका किधर है और यहाँ से कितनी दूर है बाबा?

सम्पाति बोला-दक्षिण की ओर चले जाओ। वहाँ तुम्हें एक समुद्र मिलेगा। समुद्र के उस पार लंका है। यहाँ से कोई सौ कोस होगा।

यह समाचार सुनकर उस दल के लोग बहुत प्रसन्न हुए। जीवन की कुछ आशा हुई। उसी समय चाल तेज कर दी और दो दिनों में रात-दिन चलकर सौ कोस की मंजिल पूरी कर दी। अब समुद्र उनके सामने लहरें मार रहा था। चारों ओर पानी ही पानी। जहाँ तक निगाह जाती, पानी ही पानी नज़र आता था। इन बेचारों ने इतना चौड़ा नद कहाँ देखा था। कई आदमी तो मारे भय के काँप उठे। न कोई नाव थी, न कोई डोंगी, समुद्र में जायें तो कैसे जायें। किसी की हिम्मत न पड़ती थी। नल और नील अच्छे इंजीनियर थे मगर समुद्र में तैरने योग्य नाव बनाने के लिए न कोई सामान था, न समय। इसके अलावा कोई युक्ति न थी कि उनमें से कोई समुद्र में तैरकर लंका में जाये और सीता जी की खबर लाये। अन्त में बूढ़े जामवन्त ने कहा-क्यों भाइयों, कब तक इस तरह समुद्र को सहमी हुई आँखों से देखते रहोगे ? तुममें कोई इतनी हिम्मत नहीं रखता कि समुद्र को तैर कर लंका तक जाये ?

अंगद ने कहा– मैं तैरकर जा तो सकता हूँ पर शायद लौटकर न आ सकूँ।

नल ने कहा– मैं तैरकर जा सकता हूँ पर शायद लौटते वक्त आधी दूर आते-आते बेदम हो जाऊँ।

नील बोला– जा तो मैं भी सकता हूँ और शायद यहाँ तक लौट भी आऊँ। मगर लंका में सीता जी का पता लगा सकूँ, इसका मुझे विश्वास नहीं।

इस तरह सबों ने अपने-अपने साहस और बल का अनुमान लगाया। किन्तु हनुमान जी अभी तक चुप बैठे थे। जामवन्त ने उनसे पूछा-तुम क्यों चुप हो भगत जी? बोलते क्यों नहीं? कुछ तुमसे भी हो सकेगा ?

हनुमान ने कहा– मैं लंका तक तैरकर जा सकता हूँ। तुम लोग यहीं बैठे हुए मेरी प्रतीक्षा करते रहना।

जामवन्त ने हँसकर कहा-इतना साहस होने पर भी तुम अब तक चुप बैठे थे।

हनुमान ने उत्तर दिया-केवल इसलिए कि मैं औरों को अपना गौरव और यश बढ़ाने का मौका देना चाहता था। मैं बोल उठता तो शायद औरों को यह खेद होता कि हनुमान न होते तो मैं इस काम को पूरा करके राजा सुग्रीव और राजा रामचन्द्र दोनों का प्यारा बन जाता। जब कोई तैयार न हुआ तो विवश होकर मुझे इस काम का बीड़ा उठाना पड़ा। आप लोग निश्चिन्त हो जायें। मुझे विश्वास है कि मैं बहुत शीघ्र सफल होकर वापस आऊँगा।

यह कहकर हनुमान जी समुद्र की ओर पुरुषोचित पग उठाते हुए चले।

लंका में हनुमान

रासकुमारी से लंका तक तैरकर जाना सरल काम न था। इस पर दरियाई जानवरों से भी सामना करना पड़ा। किन्तु वीर हनुमान ने हिम्मत न हारी। संध्या होते-होते वह उस पार जा पहुँचे। देखा कि लंका का नगर एक पहाड़ की चोटी पर बसा हुआ है। उसके महल आसमान से बातें कर रहे हैं। सड़कें चौड़ी और साफ हैं। उन पर तरह-तरह की सवारियाँ दौड़ रही हैं। पग-पग पर सज्जित सिपाही खड़े पहरा दे रहे हैं। जिधर देखिये, हीरे-जवाहर के ढेर लगे हैं। शहर में एक भी गरीब आदमी नहीं दिखायी देता। किसी-किसी महल के कलश सोने के हैं, दीवारों पर ऐसी सुन्दर चिलकारी की हुई है कि मालूम

होता है कि सोने की हैं। ऐसा जनपूर्ण और श्रीपूर्ण नगर देखकर हनुमान चकरा गये। यहाँ सीता जी का पता लगाना लोहे के चने चबाना था। यह तो अब मालूम ही था कि सीता रावण के महल में होंगी। किन्तु महल में प्रवेश कैसे हो? मुख्य द्वार पर संतरियों का पहरा था। किसी से पूछते तो तुरन्त लोगों को उन पर सन्देह हो जाता। पकड़ लिये जाते। सोचने लगे, राज-प्रासाद के अन्दर कैसे घुसूँ? एकाएक उन्हें एक बड़ा छतनार वृक्ष दिखायी दिया जिसकी शाखाएँ महल के अन्दर झुकी हुई थीं। हनुमान प्रसन्नता से उछल पड़े। पहाड़ों में तो वे पैदा हुए थे। बचपन ही से पेड़ों पर चढ़ना, उचकना, कूदना सीखा था। इतनी फुरती से पेड़ों पर चढ़ते थे कि बन्दर भी देखकर शरमा जाये। पहरेदारों की आँख बचाकर तुरन्त उस पेड़ पर चढ़ गये और पत्तियों में छिपे बैठे रहे। जब आधी रात हो गयी और चारों ओर सन्नाटा छा गया, रावण भी अपने महल में आराम करने चला गया तो वह धीरे से एक डाल पकड़कर महल के अन्दर कूद पड़े।

महल के अन्दर चमक-दमक देखकर हनुमान की आँखों में चकाचौंध आ गयी। स्फटिक की पारदर्शी भूमि थी। उस पर फानूस की किरण पड़ती थी तो वह दम-दम करने लगती थी। हनुमान ने दबे पाँव महलों में घूमना शुरू किया। रावण को देखा, एक सोने के पलंग पर पड़ा सो रहा है। उसके कमरे से मिले हुए मन्दोदरी और दूसरी रानियों के कमरे हैं। मन्दोदरी का सौंदर्य देखकर हनुमान को सन्देह हुआ कि कहीं यही सीता जी न हों। किन्तु विचार आया, सीता जी इस प्रकार इत्र और जवाहरात से लदी हुई भला मीठी नींद के मज़े ले सकती हैं? ऐसा संभव नहीं। यह सीता जी नहीं हो सकतीं। प्रत्येक महल में उन्होंने सुन्दर रानियों को मज़े से सोते पाया। कोई कोना ऐसा न बचा जिसे उन्होंने न देखा हो। पर सीता जी का कहीं निशान नहीं। वह रंजो-ग़म से घुली हुई सीता कहीं दिखायी न दीं। हनुमान को संदेह हुआ कि कहीं रावण ने सीता जी को मार तो नहीं डाला! जीवित होतीं तो कहाँ जातीं ?

हनुमान सारी रात असमंजस में पड़े रहे, जब सवेरा होने लगा और कौए बोलने लगे तो वह उस पेड़ की डाल से बाहर निकल आये। मगर अब उन्हें किसी ऐसी जगह की ज़रूरत थी जहाँ वह दिन भर छिप सकें। कल जब वह वहाँ आये तो शाम हो गयी थी। अँधेरे में किसी ने उन्हें देखा नहीं। मगर सुबह को उनका लिबास और रूप-रंग देखकर निश्चय ही लोग भड़कते और उन्हें पकड़ लेते। इसलिए हनुमान किसी ऐसी जगह की तलाश करने लगे जहाँ वह छिपकर बैठ सकें। कल से कुछ खाया न था। भूख भी लगी हुई थी। बाग़ के सिवा और मुफ्त के फल कहाँ मिलते। यही सोचते चले जाते थे कि कुछ दूर पर एक घना बाग़ दिखायी दिया। अशोक के बड़े-बड़े पेड़ हरी-हरी सुन्दर पत्तियों से लदे खड़े थे। हनुमान ने इसी बाग़ में भूख मिटाने और दिन काटने का निश्चय किया। बाग़ में पहुँचते ही एक पेड़ पर चढ़कर फल खाने लगे।

एकाएक कई स्त्रियों की आवाजें सुनायी देने लगीं। हनुमान ने इधर निगाह दौड़ायी तो देखा कि परम सुन्दरी स्त्री मैले-कुचैले कपड़े पहने, सिर के बाल खोले, उदास बैठी भूमि की ओर ताक रही है और कई राक्षस स्त्रियाँ उसके समीप बैठी हुई उसे समझा रही हैं। हनुमान उस सुन्दरी को देखकर समझ गये कि यही सीता जी हैं। उनका पीला चेहरा, आँसुओं से भीगी हुई आँखें और चिन्तित मुख देखकर विश्वास हो गया। उनके जी में आया कि चलकर इस देवी के चरणों पर सिर रख दूँ और सारा हाल कह सुनाऊँ। वह दरख्त से उतरना ही चाहते थे कि रावण को बाग़ में आते देखकर रुक गये। रावण घमण्ड से अकड़ता हुआ सीता के पास जाकर बोला-सीता, देखो कैसा सुहावना समय है, फूलों की सुगन्ध से मस्त होकर हवा झूम रही है! चिड़ियाँ गा रही हैं, फूलों पर भौंरे मँडरा रहे हैं। किन्तु तुम आज भी उसी प्रकार उदास और दुःखित बैठी हुई हो। तुम्हारे लिए जो मैंने बहुमूल्य जोड़े और आभूषण भेजे थे, उनकी ओर तुमने आँख उठाकर भी नहीं देखा। न सिर में तेल डाला, न इत्र मला। इसका क्या कारण है ? क्या अब भी तुम्हें मेरी दशा पर दया न आयी।

सीता जी ने घृणा की दृष्टि से उसकी ओर देखकर कहा-अत्याचारी राक्षस, क्यों मेरे घाव पर नमक छिड़क रहा है? मैं तुझसे हजार बार कह चुकी कि जब तक मेरी जान रहेगी, अपने पति के प्यारे चरणों का ध्यान करती रहूँगी। मेरे जीते जी तेरे अपवित्र विचार कभी पूरे न होंगे। मैं तुझसे अब भी कहती हूँ कि यदि अपनी कुशल चाहता है तो मुझे रामचन्द्र के पास पहुँचा दे और उनसे अपनी भूलों की क्षमा माँग ले। अन्यथा जिस समय उनकी सेना आ जायेगी, तुझे भागने की कहीं जगह न मिलेगी। उनके क्रोध की ज्वाला तुझे और तेरे सारे परिवार को जलाकर राख कर देगी। और खूब कान खोलकर सुन ले कि वह अब यहाँ आया ही चाहते हैं।

रावण यह बातें सुनकर लाल हो गया और बोला– बस, जबान सँभाल मूर्ख स्त्री! मुझे मालूम हो गया कि तेरे साथ नरमी से काम न चलेगा। अगर तू एक निर्बल स्त्री होकर जिद कर सकती है तो मैं लंका का महाराजा होकर क्या जिद नहीं कर सकता? जिस पुरुष के बल पर तुझे इतना अभिमान है, उसे मैं यों मसल डालूँगा जैसे कोई कीड़े को मसलता है। तू मुझे सख्ती करने पर विवश कर रही है तो मैं भी सख्ती करूँगा। बस, आज से एक मास का अवकाश तुझे और देता हूँ। अगर उस वक्त भी तेरी आँख न खुली तो फिर या तो तू रावण की रानी होगी या तो तेरी लाश चील और कौवे नोच-नोचकर खायेंगे।

रावण चला गया तो राक्षस स्त्रियों ने सीता जी को समझाना आरम्भ किया। तुम बड़ी नादान हो सीता, इतना बड़ा राजा तुम्हारी इतनी खुशामद करता है, फिर भी तुम कान नहीं देतीं। अगर वह जबरदस्ती करना चाहे तो आज ही तुम्हें रानी बना ले। मगर कितना नेक है कि तुम्हारी इच्छा के विरुद्ध कोई काम नहीं करना चाहता। उसके साथ तुम्हारी बेपरवाही उचित नहीं। व्यर्थ रामचन्द्र के पीछे जान दे रही हो। लंका की रानी बनकर जीवन के सुख उठाओ। राम को भूल जाओ। वह अब यहाँ नहीं आ सकते और आ जायें तो राजा रावण का कुछ भी नहीं बिगाड़ सकते।

सीता जी ने क्रोधित होकर कहा-लाज नहीं आती? ऐसे पापी को जो दूसरे की स्त्रियों को बलात् उठा लाता है, तुम नेक और धर्मात्मा कहती हो? उससे बड़ा पापी तो संसार में न होगा !

हनुमान ऊपर बैठे हुए इन स्त्रियों की बातें सुन रहे थे। जब वह सब वहाँ से चली गयीं और सीता जी अकेली रह गयीं तो हनुमान जी ने ऊपर से रामचन्द्र की अंगूठी उनके सामने गिरा दी। सीता जी ने अंगूठी उठाकर देखा तो रामचन्द्र की थी। शोक और आश्चर्य से उनका कलेजा धड़कने लगा। शोक इस बात का हुआ कि कहीं रावण ने रामचन्द्र को मरवा न डाला हो। आश्चर्य इस बात का था कि रामचन्द्र की अंगूठी यहाँ कैसे आयी। वह अंगूठी को हाथ में लिये इसी सोच में बैठी हुई थीं कि हनुमान पेड़ से उतरकर उनके सामने आये और उनके चरणों पर सिर झुका दिया।

सीता जी ने और भी आश्चर्य में आकर पूछा– तुम कौन हो? क्या यह अंगूठी तुम्हीं ने गिरायी है ? तुम्हारी सूरत से मालूम होता है कि तुम सज्जन और वीर हो। क्या बतला सकते हो कि तुम्हें अंगूठी कहाँ मिली ?

हनुमान ने हाथ जोड़कर कहा-माताजी! मैं श्री रामचन्द्र जी के पास से आ रहा हूँ। यह अंगूठी उन्हीं ने मुझे दी थी। मैं आपको देखकर समझ गया कि आप ही जानकी जी हैं। आपकी खोज में सैकड़ों सिपाही छूटे हुए हैं। मेरा सौभाग्य है कि आपके दर्शन हुए।

सीता जी का पीला चेहरा खिल गया। बोलीं– क्या सचमुच तुम मेरे स्वामीजी के पास से आ रहे हो? अभी तक वे मेरी याद कर रहे हैं ?

हनुमान– आपकी याद उन्हें सदैव सताया करती है। सोते जागते आप ही के नाम की रट लगाया करते हैं। आपका पता अब तक न था। इस कारण से आपको छुड़ा न सकते थे। अब ज्यों ही मैं पहुँचकर उन्हें आपका समाचार दूँगा, वह तुरन्त लंका पर आक्रमण करने की तैयारी करेंगे।

सीता जी ने चिंतित होकर पूछा– उनके पास इतनी बड़ी सेना है जो रावण के बल का सामना कर सके ?

हनुमान ने उत्साह के साथ कहा– उनके पास जो सेना है, उसका एक-एक सैनिक एक-एक सेना का वध कर सकता है! मैं एक तुच्छ सिपाही हूँ पर मैं दिखा दूँगा कि लंका की समस्त सेना किस प्रकार मुझसे हार मान लेती है।

सीता जी– रामचन्द्र को यह सेना कहाँ मिल गयी। मुझसे विस्तृत वर्णन करो, तब मुझे विश्वास आये।

हनुमान-वह सेना राजा सुग्रीव की है जो रामचन्द्र के मित्र और सेवक हैं। रामचन्द्र ने सुग्रीव के भाई बालि को मारकर किष्किन्धा का राज्य सुग्रीव को दिला दिया है। इसीलिए सुग्रीव उन्हें अपना उपकारक समझते हैं। उन्होंने आपका पता लगाकर आपको छुड़ाने में रामचन्द्र की सहायता करने का प्रण कर लिया है। अब आपकी विपत्तियाँ का बहुत शीघ्र खत्म हो जायेंगी।

सीता जी ने रोकर कहा– हनुमान! आज का दिन बड़ा शुभ है कि मुझे अपने स्वामी का समाचार मिला। तुमने यहाँ की सारी दशा देखी है। स्वामी से कहना, सीता की दशा बहुत दुःखद है; यदि आप उसे शीघ्र न छुड़ायेंगे तो वह जीवित न रहेंगी। अब तक केवल इसी आशा पर जीवित हैं किन्तु दिन-प्रतिदिन निराशा से उसका हृदय निर्बल होता जा रहा है।

हनुमान ने सीता जी को बहुत आश्वासन दिया और चलने को तैयार हुए किन्तु उसी समय विचार आया कि जिस प्रकार सीता जी के विश्वास के लिए रामचन्द्र की अंगूठी लाया था, उसी प्रकार रामचन्द्र के विश्वास के लिए सीता जी की भी कोई निशानी ले चलना चाहिए! बोले-माता! यदि आप उचित समझें तो अपनी कोई निशानी दीजिए जिससे रामचन्द्र को विश्वास आ जाये कि मैंने आपके दर्शन पाये हैं।

सीता जी ने अपने सिर की वेणी उतारकर दे दी। हनुमान ने उसे कमर में बाँध लिया और सीता जी को प्रणाम करके विदा हुए।

अध्याय-5

लंकादाह

अशोकों के बाग से चलते-चलते हनुमान के जी में आया कि तनिक इन राक्षसों की वीरता की परीक्षा भी करता चलूँ। देखूँ, यह सब युद्ध की कला में कितने निपुण हैं। आखिर रामचन्द्र जी इन सबों का हाल पूछेंगे तो क्या बताऊँगा। यह सोचकर उन्होंने बाग़ के पेड़ों को उखाड़ना शुरू किया। तुम्हें आश्चर्य होगा कि उन्होंने वृक्ष कैसे उखाड़े होंगे। हम तो एक पौधा भी जड़ से नहीं उखाड़ सकते। किन्तु हनुमान जी अपने समय के अत्यंत बलवान पुरुष थे। जब उन्होंने हिन्दुस्तान से लंका तक समुद्र को तैरकर पार किया तो छोटे-मोटे पेड़ों को उखाड़ना क्या कठिन था। कई पेड़ उखाड़े। कई पेड़ों की शाखायें तोड़ डालीं और फल तो इतने तोड़कर गिरा दिये कि उनका फर्श-सा बिछ गया। बाग़ के रक्षकों ने यह हाल देखा तो एकत्रित होकर हनुमान को रोकने आये। किन्तु यह किसकी सुनते थे! उन सबों को डालियों से मार-मारकर भगा दिया। कई आदमियों को जान से मार डाला। तब बाहर से और कितने ही सिपाही आकर हनुमान को पकड़ने लगे। मगर आपने उन्हें मार भगाया। धीरे-धीरे राजा रावण के पास खबर पहुँची कि एक आदमी न जाने किधर से अशोकों के वन में घुस आया है और वन का सत्यानाश किये डालता है। कई मालियों और सैनिकों को मार भगाया है। किसी प्रकार नहीं मानता।

रावण ने क्रोध से दाँत पीसकर कहा– तुम लोग उसे पकड़कर मेरे सामने लाओ।

रक्षक– हुजूर, वह इतना बलवान है कि कोई उसके पास जा ही नहीं सकता।

रावण– चुप रहो नालायकों! बाहर का एक आदमी हमारे बाग़ में घुसकर यह तूफान मचा रहा है और तुम लोग उसे गिरफ्तार नहीं कर सकते? बड़े शर्म की बात है।

यह कहकर रावण ने अपने लड़के अक्षयकुमार को हनुमान को गिरफ्तार कर लाने के लिए भेजा। अक्षयकुमार कई सौ वीरों की सेना लेकर हनुमान से लड़ने चला। हनुमान ने उन्हें आते देख एक मोटा-सा वृक्ष उठा लिया और उन आदमियों पर टूट पड़े। पहले ही आक्रमण में कई आदमी घायल हो गये। कुछ भाग खड़े हुए। तब अक्षयकुमार ने ललकार कर कहा-यदि वीर है तो सामने आ जा ! यह क्या गँवारों की तरह सूखी टहनी लेकर घुमा रहा है।

हनुमान ताल ठोंककर अक्षयकुमार पर झपटे और उसकी टाँग पकड़कर इतनी जोर से पटका कि वह वहीं ठंडा हो गया। और सब आदमी हुर्र हो गये।

रावण को जब अक्षयकुमार के मारे जाने का समाचार मिला तब उसके क्रोध की सीमा न रही। अभी तक उसने हनुमान को कोई साधारण सैनिक समझ रखा था। अब उसे ज्ञात हुआ कि यह कोई अत्यन्त वीर पुरुष है। अवश्य इसे रामचन्द्र ने यहाँ सीता का पता लगाने के लिए भेजा है। इस आदमी को जरूर दण्ड देना चाहिए। कड़ककर बोला-इस दरबार में इतने सूरमा मौजूद हैं, क्या किसी में भी इतना साहस नहीं कि इस दुष्ट को पकड़कर मेरे सामने लाये? लंका के इस राज में एक भी ऐसा आदमी नहीं ? मेरे हथियार लाओ, मैं स्वयं जाकर उसे गिरफ्तार करूँगा। देखूँ, उसमें कितना बल है !

सारे दरबार में सन्नाटा छा गया। रावण का दूसरा पुत्र मेघनाद भी वहाँ बैठा हुआ था। अब तक उसने हनुमान का सामना करना अपनी मर्यादा के

विरुद्ध समझा था, रावण को उद्यत देखकर उठ खड़ा हुआ और बोला-उसके वध के लिए मैं क्या कम हूँ जो आप जा रहे हैं? मैं अभी जाकर उसे बाँध लाता हूँ। आप यहीं बैठें।

मेघनाद अत्यन्त वीर, साहसी और युद्ध की कला में अत्यन्त निपुण था। धनुष-बाण हाथ में लेकर अशोक वाटिका में पहुँचा और हनुमान से बोला-क्यों रे पगले, क्या तेरे कुदिन आये हैं जो यहाँ ऐसी अन्धेर मचा रहा है ? हम लोगों ने तुझे यात्री समझकर जाने दिया और तू शेर हो गया। लेकिन मालूम होता है तेरे सिर पर मौत खेल रही है। आ जा; सामने ! बाग़ के मालियों और मेरे अल्पवयस्क भाई को मारकर शायद तुझे घमण्ड हो गया है। आ, तेरा घमण्ड तोड़ दूँ।

हनुमान बल में मेघनाद से कम न थे किन्तु उस समय उससे लड़ना अपने हेतु के विरुद्ध समझा। मेघनाद साधारण पुरुष न था। बराबर का मुकाबला था। सोचा, कहीं इसने मुझे मार डाला तो रामचन्द्र के पास सीता जी का समाचार भी न ले जा सकूँगा। मेघनाद के सामने ताल ठोंककर खड़े तो हुए पर उसे अपने ऊपर जानबूझकर विजय पा लेने दिया। मेघनाद ने समझा, मैंने इसे दबा लिया। तुरन्त हनुमान को रस्सियों से जकड़ दिया और मूँछों पर ताव देता हुआ रावण के सामने आकर बोला-महाराज, यह आपका बन्दी उपस्थित है।

रावण क्रोध से भरा तो बैठा ही था, हनुमान को देखते ही बेटे के खून का बदला लेने के लिए उसकी तलवार म्यान से निकल पड़ी, निकट था कि रस्सियों में जकड़े हुए हनुमान की गर्दन पर उसकी तलवार का वार गिरे कि रावण के भाई विभीषण ने खड़े होकर कहा-भाई साहब! पहले इससे पूछिये कि यह कौन है और यहाँ किसलिए आया है। संभव है, ब्राह्मण हो तो हमें ब्रह्म हत्या का पाप लग जाये।

हनुमान ने कहा– मैं राजा सुग्रीव का दूत हूँ। रामचन्द्र जी ने मुझे सीता जी का पता लगाने के लिए भेजा है। मुझे यहाँ सीता जी के दर्शन हो गये। तुमने बहुत बुरा किया कि उन्हें यहाँ उठा लाये। अब तुम्हारी कुशल इसी में है कि सीता जी को रामचन्द्र जी के पास पहुँचा दो। अन्यथा तुम्हारे लिए बुरा होगा। तुमने राजा बालि का नाम सुना होगा। उसने तुम्हें एक बार नीचा भी दिखाया था। उसी राजा बालि को रामचन्द्र जी ने एक बाण से मार डाला। खर-दूषण की मृत्यु का हाल तुमने सुना ही होगा। उनसे तुम किसी प्रकार जीत नहीं सकते।

यह सुनकर कि यह रामचन्द्र जी का दूत है और सीता जी का पता लगाने के लिए आया है, रावण का खून खौलने लगा। उसने फिर तलवार उठायी मगर विभीषण ने फिर उसे समझाया-महाराज ! राजदूतों को मारना साम्राज्य की नीति के विरुद्ध है। आप इसे और जो दण्ड चाहे दें किन्तु वध न करें। इससे आपकी बड़ी बदनामी होगी।

विभीषण बड़ा दयालु, सच्चा और ईमानदार आदमी था। उचित बात कहने में उसकी ज़बान कभी नहीं रुकती थी। वह रावण को कई बार समझा चुका था कि सीता जी को रामचन्द्र के पास भेज दीजिये। मगर रावण उनकी बातों की कब परवाह करता था। इस वक्त भी विभीषण की बात उसे बुरी लगी। किन्तु साम्राज्य के नियम को तोड़ने का उसे साहस न हुआ। दिल में ऐंठकर तलवार म्यान में रख ली और बोला-तू बड़ा भाग्यवान है कि इस समय मेरे हाथ से बच गया। तू यदि सुग्रीव का दूत न होता तो इसी समय तेरे टुकड़े-टुकड़े कर डालता। तुझ जैसे धृष्ट आदमी का यही दण्ड है। किन्तु मैं तुझे बिल्कुल बेदाग़ न छोड़ूँगा। ऐसा दण्ड दूँगा कि तू भी याद करे कि किसी से पाला पड़ा था।

रावण सोचने लगा, इसे ऐसा कौन-सा दण्ड दिया जाये कि इसकी जान तो न निकले पर यह भली प्रकार अपमानित और अप्रतिष्ठित हो। इसके साथ ही साँसत भी ऐसी हो कि जीवनपर्यन्त न भूले। फिर इधर आने का साहस

ही न हो। सोचते-सोचते उसे एक अनोखा हास्य सूझा। वह मारे खुशी के उछल पड़ा। इसे बन्दर बनाकर इसकी दुम में आग लगा दी जाये। विचित्र और अनोखा तमाशा होगा। राक्षसों ने ऐसा तमाशा कभी न देखा होगा। बड़ा आनन्द रहेगा। हज़ारों आदमी उनके पीछे 'लेना-लेना' करके दौड़ेगे और वह इधर-उधर उचकता फिरेगा। तुरन्त मेघनाद को आज्ञा दी कि इस आदमी का मुँह रँग दो, इसके शरीर पर भूरे भूरे रोयें लगा दो और एक लम्बी दुम लगाकर अच्छा खासा लंगूर बना दो। उसकी दुम में लत्ते बाँधकर तेल में भिगा दो और उसमें आग लगाकर छोड़ दो। शहर में दौंड़ी पिटवा दो कि आज शाम को एक नया, अनोखा और आश्चर्य में डालने वाला तमाशा होगा। सब लोग अपनी छतों पर से तमाशा देखें।

यह आदेश पाते ही राक्षसों ने हनुमान को बन्दर बनाना शुरू कर दिया। कोई मुँह रँगता था, कोई शरीर पर रोयें चिपकाता था, कोई दुम लगाता था। दम-के-दम में बन्दर का स्वांग बना कर खड़ा हो गया। खूब लम्बी दुम थी। फिर लोग चारों तरफ से लत्ते ला-लाकर उसमें बाँधने लगे, इधर शहर में दौंड़ी पिट गयी। राक्षस लोग जल्दी-जल्दी शाम को खाना खा, अच्छे-अच्छे कपड़े पहन अपनी-अपनी छतों पर डट गये। रावण की सैकड़ों रानियाँ थीं। सब-की-सब गहने-कपड़ों से सज्जित होकर यह तमाशा देखने के लिए सबसे ऊँची छत पर जा बैठीं। इतने में शाम भी हो गयी। हनुमान की दुम पर तेल छिड़का जाने लगा। मनों तेल डाल दिया गया। जब दुम खूब तेल से तर हो गयी, तो एक आदमी ने उसमें आग लगा दी। लपटें भड़क उठीं। चारों तरफ तालियाँ बजने लगीं। तमाशा शुरू हो गया।

हनुमान अपने इस अपमान और हँसी पर दिल में खूब कुढ़ रहे थे। इससे तो कहीं अच्छा होता अगर उस दुष्ट ने मार डाला होता। दिल में कहा, अगर इस अपमान का बदला न लिया तो कुछ न किया, और वह भी इसी वक्त। ऐसा तमाशा दिखाऊँ कि आयु-पर्यन्त न भूले। सारे शहर की होली हो जाये। जब दुम में आग लग गयी तो वह एक पेड़ पर चढ़ गये। इस कला में उनका

समान न था। पेड़ की एक शाखा राजमहल में झुकी हुई थी। उसी शाखा से कूदकर वह रनिवास में पहुँच गये और एक क्षण में सारा राजमहल जलने लगा। सब लोग छतों पर थे। कोई रोकने वाला न था। बहुमूल्य कपड़े और सजावट के सामान, फर्श, गद्दे, कालीन, परदे, पंखे; इनमें आग लगते क्या देर थी। हनुमान जिधर से अपनी जलती हुई दुम लेकर निकल जाते थे, उधर ही लपटें उठने लगती थीं।

राजमहल में आग लगाकर हनुमान बस्ती की तरफ झुके। छतों से छतें मिली हुई थीं। एक घर से दूसरे घर में कूद जाना कठिन न था। घण्टे भर में सारा शहर आग के परदे में ढक गया। चारों तरफ कुहराम मच गया। कोई अपना असबाब निकालता था, कोई पानी-पानी चिल्लाता था। कितने ही आदमी जो नीचे न उतर सके, जल-भुन गये। संयोग से उसी समय जोर की हवा चलने लगी, आग और भी भड़क उठी, मानो हवा अग्नि देवता की सहायता करने आयी है। ऐसा मालूम होता था कि आसमान से आग के तख्ते बरस रहे हैं।

शहर की होली बनाकर हनुमान समुद्र की तरफ भागे और पानी में कूदकर दुम की आग बुझायी। उन्होंने लंकावासियों को सचमुच विचित्र और अनोखा तमाशा दिखा दिया।

आक्रमण की तैयारी

हनुमान ने रातों-रात समुद्र को पार किया और अपने साथियों से जा मिले। यह बेचारे घबरा रहे थे कि न जाने हनुमान पर क्या विपत्ति आयी। अब तक नहीं लौटे। अब हम लोग सुग्रीव को क्या मुँह दिखावेंगे। रामचन्द्र के सामने कैसे जायेंगे। इससे तो यह कहीं अच्छा है कि यहीं डूब मरें। इतने ही में हनुमान जा पहुँचे। उन्हें देखते ही सब-के-सब खुशी से उछलने लगे।

दौड़-दौड़कर उनसे गले मिले और पूछने लगे– कहो भाई, क्या कर आये? सीता जी का कुछ पता चला? रावण से कुछ बातचीत हुई? हम लोग तो बहुत विकल थे।

हनुमान ने लंका का सारा हाल कह सुनाया। रावण के महल में जाना, अशोक के वन में सीता जी के दर्शन पाना, वाटिका को उजाड़ना राक्षसों को मारना, मेघनाद के हाथों गिरफ्तार होना, फिर लंका को जलाना, सारी बातें विस्तार से वर्णन कीं। सबने हनुमान की वीरता और कौशल को सराहा और गा-बजाकर सोये। मुँह अँधेरे किष्किंधापुरी को रवाना हुए। सैकड़ों कोसों की यात्रा थी। पर ये लोग अपनी सफलता पर इतने प्रसन्न थे कि न दिन को आराम करते, न रात को सोते। खाने-पीने की किसी को सुध न थी। शीघ्र रामचन्द्र जी के पास पहुँचकर यह शुभ समाचार सुनाने के लिए अधीर हो रहे थे। आखिर कई दिनों के बाद किष्किन्धा पहाड़ दिखायी दिया। उसी के निकट राजा सुग्रीव का एक बाग था। उसका नाम मधुवन था। उसमें बहुत-सी शहद की मक्खियाँ पली थीं। सुग्रीव को जब शहद की जरूरत पड़ती तो उसी बाग से लेता था।

जब यह लोग मधुवन के पास पहुँचे तो शहद के छत्ते को देखकर उनकी लार टपक पड़ी। बेचारों ने कई दिन से खाना नहीं खाया था। तुरन्त बाग में घुस गये और शहद पीना आरम्भ कर दिया। बाग़ के मालियों ने मना किया तो उन्हें खूब पीटा। शहद की लूट मच गयी। सुग्रीव को जब समाचार मिला कि हनुमान, अंगद, जामवंत इत्यादि मधुवन में लूट मचाये हुए हैं तो समझ गया कि यह लोग सफल होकर लौटे हैं। असफल लौटते तो यह शरारत कब सूझती। तुरन्त उनकी अगवानी करने चल खड़ा हुआ। इन लोगों ने उसे आते देखा तो और भी उधम मचाना शुरू किया।

सुग्रीव ने हँसकर कहा– मालूम होता है तुम लोगों ने कई-कई दिन से मारे खुशी के खाना नहीं खाया है। आओ, तुम्हें गले लगा लूँ।

जब सब लोग सुग्रीव से गले मिल चुके तो हनुमान ने लंका का सारा वृत्तान्त कह सुनाया। सुग्रीव खुशी से फूला न समाया। उसी समय उन लोगों को साथ लेकर रामचन्द्र के पास पहुँचा। रामचन्द्र भी उनकी भाव-भंगी से ताड़ गये कि यह लोग सीता जी का पता लगा लाये। इधर कई दिनों से दोनों भाई बहुत निराश हो रहे थे। इन लोगों को देखकर आशा की खेती हरी हो गयी।

रामचन्द्र ने पूछा– कहो, क्या समाचार लाये? सीता जी कहाँ हैं? उनका क्या हाल है?

हनुमान ने विनोद करके कहा– महाराज, कुछ इनाम दिलवाइये तो कहूँ।

राम-धन्यवाद के सिवा मेरे पास और क्या है जो तुम्हें दूँ। जब तक जीवित रहूँगा, तुम्हारा उपकार मानूँगा।

हनुमान– वायदा कीजिए कि मुझे कभी अपने चरणों से विलग न कीजियेगा।

राम– वाह! यह तो मेरे ही लाभ की बात है। तुम जैसे निष्ठावान मित्र किसको सुलभ होते हैं! हम और तुम सदैव साथ रहें, इससे बढ़कर मेरे लिए प्रसन्नता की बात और क्या हो सकती है? सीता जी क्या लंका में हैं?

हनुमान– हाँ महाराज, लंका के अत्याचारी राजा रावण ने उन्हें एक बाग में कैद कर रखा है और नाना प्रकार के कष्ट दे रहा है। कभी धमकाता है, कभी फुसलाता है; किन्तु वह उसकी तनिक भी परवाह नहीं करतीं। जब मैंने आपकी अंगूठी दी तो उसे कलेजे से लगा लिया और देर तक रोती रहीं। चलते समय मुझसे कहा कि प्राणनाथ से कहना कि शीघ्र मुझे इस कैद से मुक्त करें क्योंकि अब मुझमें अधिक सहने का बल नहीं। यह कहकर हनुमान ने सीता जी की वेणी रामचन्द्र के हाथ में रख दी।

रामचन्द्र ने इस वेणी को देखा तो बरबस उनकी आँखों से आँसू जारी हो गये। उसे बार-बार चूमा और आँखों से लगाया। फिर बड़ी देर तक सीता जी ही के सम्बन्ध में बातें पूछते रहे। इन बातों से उनका जी ही न भरता था। वह कैसे कपड़े पहने हुए थीं ? बहुत दुबली तो नहीं हो गयी हैं? बहुत रोया तो नहीं करतीं? हनुमान जी प्रत्येक बात का उत्तर देते जाते थे और मन में सोचते थे, इन स्त्री और पुरुष में कितना प्रेम है!

थोड़ी देर तक कुछ सोचने के बाद रामचन्द्र ने सुग्रीव से कहा– अब आक्रमण करने में देर न करनी चाहिये। तुम अपनी सेना को कब तैयार कर सकोगे ?

सुग्रीव ने कहा– महाराज! मेरी सेना तो पहले से ही तैयार है, केवल आपके आदेश की देर है।

राम– युद्ध के सिवा और कोई चारा नहीं है।

सुग्रीव – ईश्वर ने चाहा तो हमारी जीत होगी।

राम– औचित्य की सदैव जीत होती है।

विभीषण

हनुमान के चले जाने के बाद राक्षसों को बड़ी चिन्ता हुई। उन्होंने सोचा, जिस सेना का एक सैनिक इतना बलवान और वीर है, उस सेना से भला कौन लड़ेगा! उस सेना का नायक कितना वीर होगा! एक आदमी ने आकर सारी लंका में हलचल मचा दी। यदि वीर मेघनाद स्वयं न जाता तो सम्भवतः हमारी सारी सेना मिलकर भी उसे न पकड़ सकती। कितना गजब का चतुर आदमी था! दुम तो लगायी गयी उसकी हँसी उड़ाने के लिए, उसका बदला उसने यह दिया कि सारी लंका जला डाली और कोई भी न पकड़ सका। साफ निकल

गया। अब रामचन्द्र की सेना दो-चार दिन में लंका पर चढ़ आयेगी। राजा रावण और राजकुमार मेघनाद कितने ही वीर हो किन्तु सेना का सामना नहीं कर सकते। इस एक स्त्री के लिये रावण सारे देश को नष्ट करना चाहता है। यदि वह रामचन्द्र के पास न भेज दी गयी और उनसे क्षमा न माँगी गयी तो अवश्य लंका पर विपत्ति आयेगी।

दूसरे दिन शहर से खास-खास आदमी रावण की सेवा में उपस्थित हुए और विनय की-महाराज! आपके राज्य में हम लोग अब तक बड़े आराम और चैन से रहे, अब हमें ऐसा भय हो रहा है कि इस देश पर कोई विपत्ति आने वाली है। हमारी आपसे यही प्रार्थना है कि आप सीता जी को रामचन्द्र के पास पहुँचा दें और देश को इस आने वाली विपत्ति से बचा लें।

रावण भी कल रात से इसी चिन्ता में पड़ा हुआ था किन्तु अपनी प्रजा के सामने वह अपने दिल की कमजोरी को प्रकट न कर सका। उसे इसका धैर्य न था कि कोई उसके कार्यों पर आपत्ति करे। आपत्ति सुनते ही वह आपे से बाहर हो जाता था। उसका विचार था कि प्रजा का काम है राजा की आज्ञा मानना, न कि उसके कामों पर आपत्ति करना। क्रोध से बोला-तुम्हें ऐसी प्रार्थना करते हुए लाज नहीं आती? जिस आदमी ने मेरी बहन की मर्यादा धूल में मिलायी, उससे इसका बदला न लूँ! ऐसा कभी नहीं हो सकता। रावण इतना शीलरहित और निर्लज्ज नहीं है। सीता मेरी है और मेरी रहेगी। तुम लोग जाकर अपना काम देखो। देश की रक्षा का मैं उत्तरदायी हूँ। मैं तुमसे इस विषय में कोई परामर्श लेना नहीं चाहता।

यह फटकार सुनकर सब लोग चुप हो गये। सभी रावण के क्रोध से डरते थे किन्तु विभीषण प्रजा का सच्चा मित्र था और न्यायोचित बात कहने में उनकी ज़बान कभी नहीं रुकती थी। बोला, महाराज! राजा का धर्म है कि जब प्रजा को पथभ्रष्ट होते देखे तो दण्ड दे, उसी प्रकार प्रजा का भी धर्म है कि जब राजा को पथभ्रष्ट होते देखे तो समझाये। आपको रामचन्द्र से अपमान

का बदला लेना था तो उन पर आक्रमण करते। उस समय सारा देश आपका साथ देता। सीता जी को यहाँ लाकर कैद कर रखने में आपने अन्याय किया है और हमारा कर्तव्य है कि हम आपको समझायें। अगर आपने सीता जी को न वापस किया तो लंका पर अवश्य विपत्ति आयेगी।

रावण ने जब देखा कि उसका भाई भी प्रजा का पक्ष ले रहा है तो और भी क्रुद्ध होकर बोला– विभीषण, तुम पूजा करने वाले, पोथी-पुराण के कीड़े हो, राज्य के विषय में जबान खोलने का तुम्हें अधिकार नहीं। चुप रहो, मैं तुमसे अधिक योग्य हूँ।

विभीषण– मैं आपको जता देना चाहता हूँ कि इस लड़ाई में आपका साथ प्रजा कदापि न देगी।

रावण की आँखों से चिनगारियाँ निकलने लगीं। गरजकर बोला-मैं जो कुछ कहूँ या करूँ, प्रजा को मानना पड़ेगा।

विभीषण ने जोश में आकर कहा– कदापि नहीं। पाप के काम में प्रजा आपका साथ नहीं दे सकती।

अब रावण से सहन न हो सका। उसने उठकर विभीषण को इतने जोर से लात मारी कि वह कई पग दूर जा गिरा और फिर बोला-निकल जा मेरे राज्य से ! इसी वक्त निकल जा! मैं तुझ जैसे देशद्रोही और धोखेबाज का मुँह नहीं देखना चाहता। तू मेरा भाई नहीं, मेरा शत्रु है। मुझे ज्ञात न था कि तू अपनी कुटी में बैठा हुआ प्रजा को मेरे विरुद्ध भड़काता रहता है, अन्यथा आज तू मेरे सामने इस तरह जबान न चलाता। फिर कभी मेरे राज्य में पैर न रखना, वरना जान से हाथ धोयेगा।

विभीषण ने उठकर कहा– महाराज, आप मेरे बड़े भाई हैं इसलिए मैंने आपको समझाने का साहस किया था; उसका आपने मुझे यह दण्ड दिया।

आपकी आज्ञा सिर आँखों पर। मैं जाता हूँ। आप फिर मेरा मुँह न देखेंगे किन्तु इतना फिर कहता हूँ कि आपको एक दिन पछताना पड़ेगा। और उस समय आपको अभागे विभीषण की बात याद आयेगी।

आक्रमण

विभीषण यहाँ से अपमानित होकर सुग्रीव की सेना में पहुँचा और सुग्रीव से अपना सारा वृत्तान्त कहा। सुग्रीव ने रामचन्द्र को उसके आने की सूचना दी। रामचन्द्र ने विचार किया कि कहीं यह रावण का भेदी न हो। हमारी सेना की दशा देखने के लिये आया हो। इसे तुरन्त सेना से निकाल देना चाहिये। अंगद, जामवंत और दूसरे नायकों ने भी यही परामर्श दिया। उस समय हनुमान बोले-आप लोग इस आदमी के बारे में किसी प्रकार सन्देह न करें। लंका में यदि कोई सच्चा और सज्जन पुरुष है तो वह विभीषण है। जिस समय सारा दरबार मेरा शत्रु था, उस समय इसी आदमी ने मेरी जान बचायी थी। इसे अवश्य रावण ने राज्य से निकाल दिया है। यह अब आपकी शरण में आया है। इससे शीलरहित व्यवहार करना उचित नहीं। आखिर रामचन्द्र का सन्देह दूर हो गया। उन्होंने उसी समय विभीषण को बुलाया और बड़े तपाक से मिले।

विभीषण बोला– महाराज! आपसे मिलने की बहुत दिनों से आकांक्षा थी, वह आज पूरी हुई। मैं अपने भाई रावण के हाथों बहुत अपमानित होकर आपकी शरण में आया हूँ। अब आप ही मेरा बेड़ा पार लगाइये। रावण ने मुझे इतनी निर्दयता से निकाला है जैसे कोई कुत्ते को भी न निकालेगा। अब मैं उसका मुँह नहीं देखना चाहता।

रामचन्द्र ने कहा– किन्तु निरपराध तो कोई अपने नौकर को भी नहीं निकालता। सगे भाई को कैसे निकालेगा ?

विभीषण– महाराज! मेरा अपराध केवल इतना ही था कि मैंने रावण से वह बात कही जो उसे पसंद न थी। मैंने उसे समझाया था कि सीता जी को रामचन्द्र के पास पहुँचा दो। यह बात उसे तीर की तरह लग गयी। जो आदमी वासना का दास हो जाता है उसे भले और बुरे का ज्ञान नहीं रहता। वह अपने बारे में सच्ची बात सुनना कभी पसंद नहीं करता।

रामचन्द्र ने विभीषण को बहुत आश्वासन दिया और वादा किया कि रावण को मारकर लंका का राज्य तुम्हें दूँगा। उसी समय विभीषण को राज्यतिलक भी दे दिया। विभीषण ने भी हर हालत में रामचन्द्र की सहायता करने का पक्का वादा किया।

दूसरे दिन से लंका पर चढ़ाई करने की तैयारियाँ शुरू हो गयीं और सेना समुद्र के किनारे आकर समुद्र को पार करने की युक्ति सोचने लगी। अन्त में यह निश्चय हुआ कि एक पुल बनाया जाये। नल और नील बड़े होशियार इंजीनियर थे। उन्होंने पुल बनाना प्रारंभ किया।

इधर रावण को जब खबर मिली कि विभीषण रामचन्द्र से जा मिला तो उसने दो जासूसों को सुग्रीव की सेना का हाल-चाल मालूम करने के लिए भेजा। एक का नाम था शक, दूसरे का सारण। दोनों भेष बदलकर सुग्रीव की सेना में आये और प्रत्येक बात की छानबीन करने लगे। संयोग से उन पर विभीषण की दृष्टि पड़ गयी। तुरन्त पहचान गये। उन्हें पकड़कर रामचन्द्र के सामने उपस्थित कर दिया। दोनों जासूस मारे भय के काँपने लगे क्योंकि रीति के अनुसार उन्हें मृत्युदंड मिलना निश्चित था; पर रामचन्द्र को उन पर दया आ गयी। उन्हें बुलाकर कहा-तुम लोग डरो मत, हम तुम्हें कोई दण्ड न देंगे। तुम खुशी से हर एक बात की जाँच कर लो। कहो तो अपनी सेना की ठीक-ठीक गिनती बतला दूँ, अपना रसद-सामान दिखला दूँ। अगर देखभाल चुके हो तो लौट जाओ और यदि अभी देखना शेष हो तो मैं तुम्हें सहर्ष अनुमति देता हूँ, खूब भली प्रकार देखभाल लो।

दोनों बहुत लज्जित हुए और जाकर रावण से बोले-महाराज ! आप रामचन्द्र से लड़ाई मत करें। वह बड़े साहसी हैं। आप उन पर विजय नहीं पा सकते। उनकी सेना का एक-एक नायक हमारी एक-एक सेना के लिए पर्याप्त है। किन्तु रावण तो अपने बल के नशे में अन्धा हो रहा था। वह किसी के परामर्श को कब ध्यान में लाता था। बोला-तुम दोनों देशद्रोही हो। मेरे सामने से निकल जाओ। मैं ऐसे साहसहीनों की सूरत देखना नहीं चाहता।

किन्तु जब उसे ज्ञात हुआ कि रामचन्द्र ने समुद्र पर पुल बाँध लिया तो उसका नशा हिरन हो गया। उस दिन उसे सारी रात नींद नहीं आयी।

रावण के दरबार में अंगद

रामचन्द्र ने समुद्र को पार करके लंका पर घेरा डाल दिया। दुर्ग के चारों द्वारों पर चार बड़े-बड़े नायकों को खड़ा किया। सुग्रीव को सारी सेना का सेनापति बनाया। आप और लक्ष्मण सुग्रीव के साथ हो गये। तेज दौड़ने वालों को चुन-चुनकर समाचार लाने और ले जाने के लिए नियुक्त किया। जिस नायक को कोई आज्ञा देनी होती, इन्हीं आदमियों द्वारा कहला भेजते थे। नगर के चारों द्वार बन्द हो गये। राक्षसों का बाहर निकलना दुर्गम हो गया। रसद का बाहर के देहातों से आना बन्द हो गया। लोग अन्दर भूखों मरने लगे।

रावण ने सोचा, अब तो रामचन्द्र की सेना लंका पर चढ़ आयी। मालूम नहीं लड़ाई का फल क्या हो। एक बार सीता को सम्मत करने की अन्तिम चेष्टा कर लेनी चाहिये। अबकी उसने धमकी के बदले छल से काम लेने का निश्चय किया। एक कुशल कारीगर से रामचन्द्र की तस्वीर से मिलता-जुलता एक सिर बनवाया। वैसे ही धनुष और बाण बनवाये और इन चीजों को सीता जी के सामने ले जाकर बोला-यह लो, तुम्हारे पति का सिर है जिस पर तुम जान

देती थीं। मेरी सेना के एक आदमी ने इन्हें लड़ाई में मार डाला है और उनका सिर काटकर लाया है। रावण के बल का अनुमान तुम इसी से कर सकती हो। अब मेरा कहना मानो। मेरी रानी बन जाओ।

सीता धोखे में आ गयीं। सिर पीट-पीटकर रोने लगीं। संसार उनकी आँखों में अँधेरा हो गया। संयोग से विभीषण की पत्नी श्रमा उस समय अशोक वाटिका में मौजूद थी। सीता जी का शोक-संताप सुनकर वह दौड़ी आयी और पूछने लगी, क्या बात है? रावण ने देखा, अब भेद खुलना चाहता है तो तुरन्त बनावटी सिर और धनुष-बाण लेकर वहाँ से चल दिया। सीता जी ने रो-रोकर श्रमा से यह दुर्घटना बयान की। श्रमा हँसकर बोली- बहन, यह सब रावण की दगाबाजी है। वह सिर बनावटी होगा। तुम्हें छलने के लिए रावण ने यह चाल चली है। रामचन्द्र तो दुर्ग के चारों ओर घेरा डाले हुए हैं। लंका में खलबली गची हुई है। कोई दुर्ग के बाहर नहीं निकल सकता। यहाँ किसमें इतना बल है जो रामचन्द्र से लड़ सके। उनके एक साधारण दूत ने लंका वालों के छक्के छुड़ा दिये, भला उन्हें कौन मार सकता है? श्रमा की बातों से सीता जी को आश्वासन मिला। समझ गयीं, यह रावण की दुष्टता थी।

उधर दुर्ग पर घेरा डाल करके रामचन्द्र ने सुग्रीव से कहा-एक बार फिर रावण को समझाने की चेष्टा करनी चाहिये। यदि समझाने से मान जाये तो रक्तपात क्यों हो। विचार हुआ कि अंगद को दूत बनाकर भेजा जाये। अंगद ने बड़ी प्रसन्नता से यह बात स्वीकार कर ली। रावण अपने सभासदों के साथ दरबार में बैठा था कि अंगद जा धमके और ऊँची आवाज से बोले-ऐ राक्षसों के राजा, रावण! मैं राजा रामचन्द्र का दूत हूँ। मेरा नाम अंगद है। मैं राजा बालि का पुत्र हूँ। मुझे राजा रामचन्द्र ने यह कहने के लिए भेजा है कि या तो आज ही सीता को वापस कर दो या किले के बाहर निकलकर युद्ध करो।

रावण घमण्ड से अकड़कर बोला– जाकर अपने छोकरे राजा से कह दे कि रावण उससे लड़ने को तैयार बैठा हुआ है। सीता अब यहाँ से नहीं जा सकती। उसका विचार छोड़ दें अन्यथा उनके लिए अच्छा न होगा। राक्षसों की सेना जिस समय मैदान में आयेगी, सुग्रीव और हनुमान दुम दबाकर भागते दिखायी देंगे। राक्षसों से अभी रामचन्द्र का पाला नहीं पड़ा है। हमने इन्द्र तक से लोहा मनवा लिया है। यह पहाड़ी चूहे किस गिनती में हैं।

अंगद– जिन लोगों को तुम पहाड़ी चूहा कहते हो, वह तुम्हारी एक-एक सेना के लिए अकेले काफी हैं। यदि तुम उनके बल की परीक्षा लेना चाहते हो तो उन्हीं पहाड़ी चूहों में से एक तुच्छ चूहा तुम्हारे दरबार में खड़ा है, उसकी परीक्षा कर लो। खेद है कि इस समय मैं राजदूत हूँ और दूत हथियार से काम नहीं ले सकता अन्यथा इसी समय दिखा देता कि पहाड़ी चूहे किस गजब के होते हैं। है इस दरबार में कोई योद्धा जो मेरे पैर को पृथ्वी से हटा दे? जिसे दावा हो, निकल आये।

अंगद की यह ललकार सुनकर कई सूरमा उठे और अंगद का पैर उठाने के लिए एड़ी-चोटी का जोर लगाया किन्तु जौ भर भी न हटा सके। अपना-सा मुँह लेकर अपनी-अपनी जगह पर जा बैठे। तब रावण स्वयं सिंहासन से उठा और अंगद के पैर पर झुककर उठाना चाहता था कि अंगद ने पैर खींच लिया और बोले-अगर पैरों पर सिर झुकाना है तो रामचन्द्र के पैरों पर सिर झुकाओ। मेरे पैर छूने से तुम्हें कोई लाभ नहीं होगा। रावण लज्जित होकर अपनी जगह पर जा बैठा।

अंगद अपना संदेश सुना ही चुके थे। जब उन्हें ज्ञात हो गया कि रावण पर किसी के समझाने का प्रभाव न होगा, तो वह रामचन्द्र के पास लौट आये और सारा वृत्तान्त कह सुनाया।

मेघनाद

आखिर दोनों सेनाओं में युद्ध छिड़ गया। दिन भर तलवारें चलती रहीं। रात को भी लड़ने वालों ने दम न लिया। मृत शरीरों के ढेर लग गये। रक्त की नदियाँ बह गयीं। रामचन्द्र की सेना इतनी वीरता से लड़ी कि राक्षसों की हिम्मत टूट गयी। रावण जिस सेना को भेजता, वही घंटे-दो घंटे में जान लेकर भागती। यहाँ तक कि उसने झल्लाकर अपने लड़के मेघनाद को भेजा। मेघनाद बड़ा वीर था। उसे इन्द्रजीत का उपनाम मिला हुआ था। राक्षसों को उस पर गर्व था।

मेघनाद के क्षेत्र में आते ही लड़ाई कर रंग बदल गया। कहाँ तो राक्षस लोग मैदान से भाग रहे थे, कहाँ अब रामचन्द्र की सेना में भगदड़ पड़ गयी। मेघनाद ने बाणों की ऐसी वर्षा की कि आकाश काला हो गया। लक्ष्मण ने अपनी सेना को दबते देखा तो धनुष और बाण लेकर मैदान में निकल आये। मेघनाद लक्ष्मण को देखकर और भी उत्साह से लड़ने लगा और ललकारकर बोला-आज तुम्हारी मृत्यु मेरे हाथों लिखी है। तुमसे लड़ने की बहुत दिनों से कामना थी। आज वह पूरी हो गई। लक्ष्मण ने उत्तर दिया-हार और जीत ईश्वर के हाथ है। डींग मारना वीरों का काम नहीं। किन्तु सम्भवतः तुम भी जीवित घर न लौटोगे। मेघनाद ने जोश में आकर नाना प्रकार के अस्त्र-शस्त्र काम में लाने प्रारम्भ किये। कभी कोई विषैला बाण चला देता, कभी गदा लेकर पिल पड़ता। किन्तु लक्ष्मण भी कम वीर न थे। वह उसके सारे आक्रमणों को अपने से व्यर्थ कर देते थे। यहाँ तक कि उन्होंने उसके रथ, रथवान, घोड़े; सबको बाणों से छेद डाला। मेघनाद पैदल लड़ने लगा। अब उसे अपनी जान बचाना कठिन हो गया। चाहता था कि तनिक दम लेने का अवकाश मिले तो दूसरा रथ लाऊँ मगर लक्ष्मण इतनी तेजी से बाण चलाते थे कि उसे हिलने का भी अवकाश न मिलता था। आखिर उसने भयानक

होकर शक्ति-बाण चला दिया। यह बाण इतना घातक था कि इससे घायल तुरन्त मर जाता था। वह बाण लगते ही लक्ष्मण मूर्च्छित होकर भूमि पर गिर पड़े। मेघनाद प्रसन्नता से मतवाला हो गया। उसी समय भागा हुआ रावण के पास गया और बोला-दो भाइयों में से एक को तो मैंने ठण्डा कर दिया। ऐसा शक्ति-बाण मारा है कि बच नहीं सकता। कल दूसरे भाई को मार लूँगा। बस, युद्ध का अन्त हो जायेगा। रावण ने बेटे को छाती से लगा लिया।

उधर रामचन्द्र की सेना में कुहराम मच गया। हनुमान ने मूर्च्छित लक्ष्मण को गोद में उठाया और रामचन्द्र के पास लाये। राम ने लक्ष्मण की यह दशा देखी तो बलात् आँखों से आँसू जारी हो गये। रो-रोकर कहने लगे-हाय लक्ष्मण! तुम मुझे छोड़कर कहाँ चले गये? हाय! मुझे क्या ज्ञात था कि तुम यों मेरा साथ छोड़ दोगे नहीं तो मैं पिता की आज्ञा को रद्द कर देता, कभी वन की ओर पग न उठाता। अब मैं कौन मुँह लेकर अयोध्या जाऊँगा। पत्नी के पीछे भाई की जान गँवाकर किसको मुँह दिखाऊँगा। पत्नी तो फिर भी मिल सकती है पर भाई कहाँ मिलेगा। हाय! मैंने सदैव के लिए अपने माथे पर कलंक लगा लिया। जामवन्त अभी तक कहीं लड़ रहा था। राम का विलाप सुनकर दौड़ा हुआ आया और लक्ष्मण को ध्यान से देखने लगा। बूढ़ा अनुभवी आदमी था। कितनी ही लड़ाइयाँ देख चुका था। बोला-महाराज! आप इतने निराश क्यों होते हैं? लक्ष्मण जी अभी जीवित हैं। केवल मूर्च्छित हो गये हैं। विष सारे शरीर में दौड़ गया है। यदि कोई चतुर वैद्य मिल जाये तो अभी जहर उतर जाये और यह उठ बैठें। वैद्य की तलाश करनी चाहिये। विभीषण ने कहा-शहर में सुषेण नाम का एक वैद्य रहता है। विष की चिकित्सा करने में वह बहुत दक्ष है। उसे किसी प्रकार बुलाना चाहिये। हनुमान ने कहा-मैं जाता हूँ, उसे लिये आता हूँ। विभीषण से सुषेण के मकान का पता पूछकर वह वेश बदलकर शहर में जा पहुँचे और सुषेण से यह हाल कहा। सुषेण ने कहा-भाई, मैं वैद्य हूँ। रावण के दरबार से मेरा भरण-पोषण होता है। उसे यदि ज्ञात हो जायेगा कि मैंने लक्ष्मण की चिकित्सा की है तो मुझे जीवित न छोड़ेगा।

हनुमान ने कहा– आपको ईश्वर ने जो निपुणता प्रदान की है, उससे हर एक आदमी को लाभ पहुँचाना आपका कर्तव्य है। भय के कारण कर्तव्य से मुँह मोड़ना आप जैसे वयोवृद्ध के लिए उचित नहीं।

सुषेण निरुत्तर हो गया। उसी समय हनुमान के साथ चल खड़ा हुआ। बुढ़ापे के कारण वह तेज न चल सकता था इसलिए हनुमान ने उसे गोद में उठा लिया और भागते हुए अपनी सेना में आ पहुँचे। सुषेण ने लक्ष्मण की नाड़ी देखी, शरीर देखा और बोला- अभी बचने की आशा है। संजीवनी बूटी मिल जाये तो बच सकते हैं। किन्तु सूर्य निकलने के पहले बूटी यहाँ आ जानी चाहिये। अन्यथा जान न बचेगी।

जामवंत ने पूछा– संजीवनी बूटी मिलेगी कहाँ?

सुषेण बोला– उत्तर की ओर एक पहाड़ है, वहीं यह बूटी मिलेगी।

बारह घण्टे के अन्दर वहाँ जाना और बूटी खोजकर लाना सरल काम न था। सब एक-दूसरे का मुँह ताकते थे। किसी को साहस न होता था कि जाने को तैयार हो। आखिर रामचन्द्र ने हनुमान से कहा-मित्र! कठिनाई तुम्हीं सरल बना सकते हो। तुम्हारे सिवा मुझे दूसरा कोई दिखाई नहीं देता। हनुमान को आज्ञा मिलने की देर थी। सुषेण से बूटी का पता पूछा और आँधी की तरह दौड़े। कई घंटों में वे उस पहाड़ पर जा पहुँचे किन्तु रात के समय बूटी की पहचान न हो सकी। बहुत-सी घास-पात एकत्रित थी। हनुमान ने उन सबों को उखाड़ लिया और उल्टे पैरों लौटे।

इधर सब लोग बैठे हनुमान की प्रतीक्षा कर रहे थे। एक-एक पल की गिनती की जा रही थी। अब हनुमान अमुक स्थान पर पहुँचे होंगे, अब वहाँ से चले होंगे, अब पहाड़ पर पहुँचे होंगे, इस प्रकार अनुमान करते-करते तड़का हो गया किन्तु हनुमान का कहीं पता नहीं। रामचन्द्र घबराने लगे। एक घंटे में हनुमान न आ गये तो अनर्थ हो जायेगा। कई आदमी उन्हें देखने के

लिए छूटे, कई आदमी वृक्षों पर चढ़कर उत्तर की ओर दृष्टि दौड़ाने लगे पर हनुमान का कहीं निशान नहीं! अब केवल आधे घण्टे की और अवधि है। इधर लक्ष्मण की दशा पल-पल पर खराब होती जाती थी। रामचन्द्र निराश होकर फिर रोने लगे कि एकाएक अंगद ने आकर कहा-महाराज! हनुमान दौड़ा चला आ रहा है। बस आया ही चाहता है। रामचन्द्र का चेहरा चमक उठा। वह अधीर होकर स्वयं हनुमान की ओर दौड़े और उसे छाती से लगा लिया। हनुमान ने घास-पात का एक ढेर सुषेण के सामने रख दिया। सुषेण ने इसमें से संजीवनी बूटी निकाली और तुरन्त लक्ष्मण के घाव पर इसका लेप किया। बूटी ने अक्सीर का काम किया। देखते-देखते घाव भरने लगा। लक्ष्मण की आँखें खुल गयीं। एक घण्टे में वह उठ बैठे और दोपहर तक तो बातें करने लगे। सेना में हर्ष के नारे लगाये गये।

कुम्भकर्ण

रावण ने जब सुना कि लक्ष्मण स्वस्थ हो गये तो मेघनाद से बोला-लक्ष्मण तो शक्ति-बाण से भी न मरा। अब क्या युक्ति की जाये ? मैंने तो समझा था एक का काम तमाम हो गया, अब एक ही और बाकी है किन्तु दोनों-के-दोनों फिर से सँभल गये।

मेघनाद ने कहा– मुझे भी बड़ा आश्चर्य हो रहा है कि लक्ष्मण कैसे बच गया। शक्ति-बाण का घाव तो घातक होता है। इक्कीस घण्टे के अन्दर आदमी मर जाता है। अवश्य उन लोगों को संजीवनी बूटी मिल गयी। खैर, फिर समझूँगा, जाते कहाँ हैं। आज ही दोनों को ढेर कर देता लेकिन कल का थका हुआ हूँ। मैदान में न जा सकूँगा। आज चाचा कुम्भकर्ण को भेज दीजिये।

कुम्भकर्ण रावण का भाई था। ऐसा डील-डौल दूसरे सूरमा राक्षसों में न था। उसे देखकर हाथी का-सा आभास होता था। वीर ऐसा था कि कोई

उसका सामना करने का साहस न कर सकता था। किन्तु जितना ही वह वीर था, उतना ही प्रमादी और विलासी था। रात-दिन शराब के नशे में मस्त पड़ा रहता। लंका पर आक्रमण हो गया, हजारों आदमी मारे जा चुके पर उसे अब तक कुछ खबर न थी कि कहाँ क्या हो रहा है। रावण उसके पास पहुँचा तो देखा कि वह उस समय भी बेहोश पड़ा हुआ है। शराब की बोतल सामने पड़ी हुई थी। रावण ने उसका कंधा पकड़कर जोर से हिलाया तब उसकी आँखें खुलीं। बोला-कैसे आराम की नींद ले रहा था, आपने व्यर्थ जगा दिया।

रावण ने कहा– भैया, अब सोने का समय नहीं रहा। रामचन्द्र ने लंका पर घेरा डाल लिया। हमारे कितने ही आदमी काम आ चुके। मेघनाद कल लड़ा था, पर आज थका हुआ है। अब तुम्हारे सिवा और कोई दूसरा सहायक नहीं दिखायी देता।

यह सुनते ही कुम्भकर्ण सँभलकर उठ बैठा। हथियार बाँधे और मैदान की ओर चल खड़ा हुआ। उसे मैदान में देखकर हनुमान, अंगद, सुग्रीव सब-के-सब दहल उठे। आदमी क्या, पूरा देव था। साधारण सैनिक तो उसकी भयानक आकृति ही देखकर भाग खड़े हुए। कितने ही नायकों को उसने आहत कर दिया। आखिर रामचन्द्र स्वयं उससे लड़ने को तैयार हुए। उन्हें देखते ही कुम्भकर्ण ने भाले का वार किया। मगर रामचन्द्र ने वार खाली कर दिया और दो तीर इतनी फुर्ती से चलाये कि उसके दोनों हाथ कट गये। तीसरा तीर उसके सीने में लगा। काम तमाम हो गया। राक्षस-सेना ने अपने नायक को गिरते देखा तो भाग खड़े हुए। इधर रामचन्द्र की सेना में खुशी मनायी जाने लगी।

रावण को जब यह समाचार मिला तो सिर पीटकर रोने लगा। कुम्भकर्ण से उसे बड़ी आशा थी। वह धूल में मिल गयी। भाई के शोक में बड़ी देर तक विलाप करता रहा।

मेघनाद का मारा जाना

दूसरे दिन मेघनाद बड़े सज-धज के मैदान में आया। उसने दोनों भाइयों को मार गिराने का निश्चय कर लिया था। सारी रात देवी की पूजा करता रहा था। उरो अपने बल और शौर्य का बड़ा अभिमान था। रावण की सारी आशायें आज ही की लड़ाई पर निर्भर थीं। लंका में पहले ही से विजय का उत्सव मनाने की तैयारियाँ होने लगीं। मेघनाद ने मैदान में आकर डंके पर चोट दिलवायी तो विभीषण ने उसके सामने जाकर कहा-मेघनाद, मैं जानता हूँ कि बल और साहस में तुम अपना समान नहीं रखते किन्तु औचित्य की सदैव जीत हुई है और सदैव होगी। मेरा कहना मानो, चलकर रामचन्द्र से संधि कर लो। वह तुम्हें क्षमा कर देंगे।

मेघनाद ने क्रोध से आँखें निकालकर कहा-चचा साहब, तुम्हें लाज नहीं आती कि मुझे समझाने आये हो! देशद्रोह से बढ़कर संसार में दूसरा अपराध नहीं। जो आदमी शत्रु से मिलकर अपने घर और अपने देश का अहित करता है, उसकी सूरत देखना भी पाप है। आप मेरे सामने से चले जाइये।

विभीषण तो उधर लज्जित होकर चला गया, इधर लक्ष्मण ने सामने आकर मेघनाद को युद्ध का निमंत्रण दिया। लक्ष्मण को देखकर मेघनाद बोला-अभी दो-चार दिन घाव की मरहम-पट्टी और करवा लेते, कहीं आज घाव फिर न ताजा हो जाये। जाकर अपने बड़े भाई को भेज दो।

लक्ष्मण ने धनुष पर बाण चढ़ाकर कहा-ऐसे-ऐसे घावों की वीर लोग लेशमात्र चिंता नहीं करते। आज एक बार फिर हमारी और तुम्हारी हो जाये। तनिक देख लो कि शेर घायल होकर कितना भयावना हो जाता है। बड़े भाई साहब का मुकाबला तो तुम्हारे पिता ही से होगा।

दोनों वीरों ने तीर चलाने शुरू कर दिये। घन-घन, तन-तन की आवाजें आने लगीं। मेघनाद पहले तो विजयी हुआ, लक्ष्मण का उसके वारों को

काटना कठिन हो गया किन्तु ज्यों-ज्यों समय बीतता गया, लक्ष्मण सँभलते गये, और मेघनाद कमजोर पड़ता जाता था, यहाँ तक कि लक्ष्मण उस पर विजयी हो गये और एक बाण उसकी गर्दन पर ऐसा मारा कि उसका सिर कटकर अलग जा गिरा।

मेघनाद के गिरते ही राक्षसों के हाथ-पाँव फूल गये। भगदड़ पड़ गयी। रावण ने यह समाचार सुना तो उसके मुँह से ठंडी साँस निकल गयी। आँखों में अँधेरा छा गया। प्रतिशोध की ज्वाला से वह पागल हो गया। राम और लक्ष्मण तो उसके वश के बाहर थे, सीता जी का वध कर डालने के लिए तैयार हो गया। तलवार लेकर दौड़ता हुआ अशोक वाटिका में पहुँचा। सीता जी ने उसके हाथ में नंगी तलवार देखी, तो सहम उठीं किन्तु रावण का मंत्री बड़ा बुद्धिमान था। वह भी उसके पीछे-पीछे दौड़ता चला गया था। रावण को एक अबला स्त्री की जान लेने पर उद्यत देखकर बोला-महाराज, धृष्टता क्षमा हो, स्त्री पर हाथ उठाना आपकी मर्यादा के विरुद्ध है। आप वेदों के पण्डित हैं। साहस और वीरता में आज संसार में आपका समान नहीं। अपने पद और ज्ञान का ध्यान कीजिये और इस कर्म से विमुख होइये। इन बातों ने रावण का क्रोध ठंडा कर दिया। तलवार म्यान में रख ली और लौट आया।

उसी समय मेघनाद की पतिव्रता स्त्री सुलोचना ने आकर कहा-महाराज, अब मैं जीवित रहकर क्या करूँगी। मेरे पति का सिर मँगवा दीजिये, उसे लेकर मैं सती हो जाऊँगी।

रावण ने आँखों में आँसू भरकर कहा-बेटी, तेरे पति का सिर तुझे उसी समय मिलेगा जब मैं दोनों भाइयों का सिर काट लूँगा। धैर्य रख।

सुलोचना अपनी सास मंदोदरी के पास आयी। दोनों सास-बहू गले मिलकर खूब रोईं। तब सुलोचना बोली-माताजी, मैं अब अनाथ हो गयी। मेरे पति का सिर मंगवा दीजिये तो सती हो जाऊँ। अब जीकर क्या करूँगी। जहाँ स्वामी हैं, वहीं मैं भी जाऊँगी। यह वियोग अब मुझसे नहीं सहा जाता।

मंदोदरी ने बहू को प्यार करके कहा-बेटी, यदि तुमने यही निश्चय किया है, तो शुभ हो। मेघनाद का सिर और तो किसी प्रकार न मिलेगा, तुम जाकर स्वयं माँगो तो भले ही मिल सकता है। रामचन्द्र बड़े नेक आदमी हैं। मुझे विश्वास है कि वह तुम्हारी माँग को अस्वीकार न करेंगे।

सुलोचना उसी समय राजमहल से निकलकर रामचन्द्र की सेना में आयी और रामचन्द्र के सम्मुख जाकर बोली-महाराज! एक अनाथ विधवा आपसे एक प्रार्थना करने आयी है, उसे स्वीकार कीजिये। मेरे पति वीर मेघनाद का सिर मुझे दे दीजिये।

रामचन्द्र ने तुरन्त मेघनाद का सिर सुलोचना को दिलवा दिया और उसके थोड़ी ही देर बाद सुलोचना सती हो गयी। चिता की लपट आकाश तक पहुँची। किसी ने चाहे सुलोचना को जाते न देखा पर वह स्वर्ग में प्रविष्ट हो गयी।

रावण युद्ध-क्षेत्र में

रात भर तो रावण शोक और क्रोध से जलता रहा। सबेरा होते ही मैदान की तरफ चला। लंका की सारी सेना उसके साथ थी। आज युद्ध का निर्णय हो जायेगा इसलिए दोनों ओर के लोग अपनी जानें हथेलियों पर लिये तैयार बैठे थे। रावण को मैदान में देखते ही रामचन्द्र स्वयं तीर और कमान लिये निकल आये। अब तक उन्होंने केवल रावण का नाम सुना था, उसकी सूरत देखी तो मारे क्रोध के आँखों से ज्वाला निकलने लगी। इधर रावण को भी अपने दो बेटों के रक्त का और अपनी बहन के अपमान का बदला लेना था। घमासान युद्ध होने लगा। रावण की बराबरी करने वाला लंका में तो क्या, रामचन्द्र की सेना में भी कोई न था। सुग्रीव , अंगद, हनुमान इत्यादि वीर उस पर एक

साथ भाले, गदा और तीर चलाते थे, नील और नल उस पर पत्थर मारते थे पर उसने इतनी तेजी से तीर चलाये कि कोई सामने न ठहर सका। लक्ष्मण ने देखा कि रामचन्द्र उसके मुकाबले में अकेले रहे जाते हैं तो वह भी आ खड़े हुए और तीरों की बौछार करने लगे। किन्तु रावण पहाड़ की नाईं अटल खड़ा सबके आक्रमणों का जवाब दे रहा था। आखिर उसने अवसर पाकर एक तीर ऐसा चलाया कि लक्ष्मण मूर्च्छित होकर गिर पड़े; दूसरा तीर रामचन्द्र पर पड़ा वह भी गिर पड़े। रावण ने तुरन्त तलवार निकाली और चाहता था कि रामचन्द्र का वध कर दे कि हनुमान ने लपककर उसके सीने में एक गदा इतनी जोर से मारी कि वह सँभल न सका। उसका गिरना था कि राम और लक्ष्मण उठ बैठे। रावण भी होश में आ गया। फिर लड़ाई होने लगी। आखिर रामचन्द्र का एक तीर रावण के सीने में घुस गया। रक्त की धारा बह निकली। उसकी आँखें बन्द हो गयीं। रथवान ने समझा, रावण का काम तमाम हो गया। रथ को भगाकर नगर की ओर चला। रास्ते में रावण को होश आ गया। रथ को नगर की ओर जाते देखकर क्रोध से आग बबूला हो गया। उसी समय रथ को मैदान की ओर ले चलने की आज्ञा दी।

संयोग से उसी समय विभीषण सामने आ गया। रावण ने उसे देखते ही भाले से वार किया। चाहता था कि उसकी धोखेबाजी का दण्ड दे दे। किन्तु लक्ष्मण ने एक तीर चलाकर भाले को काट डाला। विभीषण की जान बच गयी। अबकी रावण ने अग्नि-बाण छोड़ने शुरू किये। इन बाणों से आग की लपटें निकलती थीं। रामचन्द्र की सेना में खलबली पड़ गयी। किन्तु रावण के सीने में जो घाव लगा था, उससे वह प्रत्येक क्षण निर्बल होता जाता था। यहाँ तक कि उसके हाथ से धनुष छूटकर गिर पड़ा। उस समय रामचन्द्र ने कहा-राजा रावण, अब तुम्हें ज्ञात हो गया कि हम लोग उतने निर्बल नहीं हैं जितना तुम समझते थे? तुम्हारा सारा परिवार तुम्हारी मूर्खता का शिकार हो

गया। क्या अब भी तुम्हारी आँखें नहीं खुलीं। अब भी यदि तुम अपनी दुष्टता छोड़ दो तो हम तुम्हें क्षमा कर देंगे।

रावण ने सँभलकर धनुष उठा लिया और बोला-क्या तुम समझते हो कि कुम्भकर्ण और मेघनाद के मारे जाने से मैं डर गया हूँ? रावण को अपने साहस और बल का भरोसा है। वह दूसरों के बल पर नहीं लड़ता। वीरों की सन्तान लड़ाई में मरने के सिवा और होती ही किसलिए है। अब सँभल जाओ, मैं फिर वार करता हूँ।

किन्तु यह केवल गीदड़-भभकी थी। रामचन्द्र ने अबकी जो तीर मारा, वह फिर रावण के सीने में लगा। एक घाव पहले लग चुका था, इस दूसरे घाव ने अन्त कर दिया। रावण रथ के नीचे गिर पड़ा और तड़प-तड़प कर जान दे दी। अत्याचारी था, अन्यायी था, नीच था; किन्तु वीर भी था। मरते समय भी धनुष उसके हाथ में था।

रावण को रथ से नीचे गिरते देख विभीषण दौड़कर उसके पास आ गया। देखा तो वह दम तोड़ रहा था। उस समय भाई के रक्त ने जोश मारा। विभीषण रावण के रक्त लुण्ठित मृत शरीर से लिपटकर फूट-फूटकर रोने लगा। इतने में रावण की रानी मन्दोदरी और दूसरी रानियाँ भी आकर विलाप करने लगीं। रामचन्द्र ने उन्हें समझाकर विदा किया। सैनिकों ने चाहा कि चलकर लंका को लूटें किन्तु रामचन्द्र ने उन्हें मना किया। हारे हुए शत्रु के साथ वे किसी प्रकार की ज्यादती नहीं करना चाहते थे।

अध्याय-6

विभीषण का राज्याभिषेक

एक दिन वह था कि विभीषण अपमानित होकर रोता हुआ निकला था, आज वह विजयी होकर लंका में प्रविष्ट हुआ। सामने सवारों का एक समूह था। प्रकार-प्रकार के बाजे बज रहे थे। विभीषण एक सुन्दर रथ पर बैठे हुए थे, लक्ष्मण भी उनके साथ थे। पीछे सेना के नामी सूरमा अपने-अपने रथों पर शान से बैठे हुए चले जा रहे थे। आज विभीषण का नियमानुसार राज्याभिषेक होगा। वह लंका की गद्दी पर बैठेंगे। रामचन्द्र ने उनको जो वचन दिया था, उसे पूरा करने के लिए लक्ष्मण उनके साथ जा रहे हैं। शहर में ढिंढोरा पिट गया है कि अब राजा विभीषण लंका के राजा हुए। दोनों ओर छतों से उन पर फूलों की वर्षा हो रही है। धनी-मानी नज़रें उपस्थित करने की तैयरियाँ कर रहे हैं। सब बन्दियों की मुक्ति की घोषणा कर दी गयी है। रावण का कोई शोक नहीं करता। सभी उसके अत्याचार से पीड़ित थे। विभीषण का सभी यश गा रहे हैं।

विभीषण को गद्दी पर बिठाकर रामचन्द्र ने हनुमान को सीता के पास भेजा। विभीषण पालकी लेकर पहले ही से उपस्थित थे। सीता जी के हर्ष का कौन अनुमान कर सकता है। इतने दिनों की कैद के बाद आज उन्हें आजादी मिली है। मारे हर्ष के उन्हें मूर्च्छा आ गयी, जब चेतना आयी तो हनुमान ने

उनके चरणों पर सिर झुकाकर कहा- माता! श्री रामचन्द्र जी आपकी प्रतीक्षा में बैठे हुए हैं। वह स्वयं आते किन्तु नगर में आने से विवश हैं। सीता जी खुशी-खुशी पालकी पर बैठीं। रामचन्द्र से मिलने की खुशी में उन्हें कपड़ों की भी चिन्ता न थी। किन्तु विभीषण की रानी श्रमा ने उनके शरीर पर उबटन मला, सिर में तेल डाला, बाल गूँथे बहुमूल्य साड़ी पहनायी और विदा किया। सवारी रवाना हुई। हजारों आदमी साथ थे।

रामचन्द्र को देखते ही सीता जी की आँखों से खुशी के आँसू बहने लगे। वह पालकी से उतरकर उनकी ओर चलीं। रामचन्द्र अपनी जगह पर खड़े रहे। उनके चेहरे से खुशी नहीं जाहिर हो रही थी बल्कि रंज जाहिर होता था। सीता निकट आ गयीं। फिर भी वह अपनी जगह पर खड़े रहे। तब सीता जी उनके हृदय की बात समझ गयीं। वह उनके पैरों पर नहीं गिरीं, सिर झुकाकर खड़ी हो गयीं। उनकी आँखों से आँसू बहने लगे।

एक मिनट के बाद सीता जी ने लक्ष्मण से कहा-भैया, खड़े क्या देखते हो। मेरे लिए एक चिता तैयार कराओ। जब स्वामी जी को मुझसे घृणा है तो मेरे लिए आग की गोद के सिवा और कोई स्थान नहीं। दर्शन हो गये, मेरे लिए यही सौभाग्य की बात है। हाय! क्या सोच रही थी और क्या हुआ।

यह बात न थी कि रामचन्द्र को सीता जी पर किसी प्रकार का संदेह था। वह भली प्रकार जानते थे कि सीता जी ने कभी रावण से सीधे मुँह बात नहीं की। सदैव उससे घृणा करती रहीं। किन्तु संसार को निर्मलहृदयता पर कैसे विश्वास आता? सीता जी भी मन में यह बात भली प्रकार समझती थीं। इसलिए उन्होंने अपने विषय में कुछ भी न कहा, जान देने के लिए तैयार हो गयीं। रामचन्द्र का कलेजा फटा जाता था किन्तु विवश थे।

तनिक देर में चिता तैयार हो गयी। उसमें आग दी गयी, लपटें उठने लगीं। सीता जी ने रामचन्द्र को प्रणाम किया और चिता में कूदने चलीं। वहाँ सारी सेना एकत्रित थी। सीता जी को आग की ओर बढ़ते देखकर चारों ओर शोर मच गया। सब लोग चिल्ला-चिल्लाकर कहने लगे-हमको सीता जी पर किसी प्रकार का सन्देह नहीं है! वह देवी हैं, हमारी माता हैं, हम उनकी पूजा करते हैं। हनुमान, अंगद, सुग्रीव इत्यादि सीता जी का रास्ता रोककर खड़े हो गये। उस समय रामचन्द्र को विश्वास हुआ कि अब सीता जी की पवित्रता पर किसी को सन्देह नहीं। उन्होंने आगे बढ़कर सीता जी को छाती से लगा लिया। सारा क्षेत्र हर्ष ध्वनि से गूँज उठा।

अयोध्या-वापसी

रामचन्द्र ने लंका पर जिस आशय से आक्रमण किया था, वह पूरा हो गया। सीता जी छुड़ा लीं गयीं, रावण को दण्ड दिया जा चुका। अब लंका में रहने की आवश्यकता न थी। रामचन्द्र ने चलने की तैयारी करने का आदेश दिया। विभीषण ने जब सुना कि रामचन्द्र जा रहे हैं तो आकर बोला-महाराज! मुझसे कौन-सा अपराध हुआ जो आपने इतने शीघ्र चलने की ठान ली? भला दस-पाँच दिन तो मुझे सेवा करने का अवसर दीजिये। अभी तो मैं आपका कुछ आतिथ्य कर ही न सका।

रामचन्द्र ने कहा-विभीषण! मेरे लिए इससे अधिक प्रसन्नता की और कौन-सी बात हो सकती थी कि कुछ दिन तुम्हारे संसर्ग का आनन्द उठाऊँ। तुम जैसे निर्मल हृदय पुरुष बड़े भाग्य से मिलते हैं। किन्तु बात यह है कि मैंने

भरत से चौदहवें वर्ष के पूरे होते ही लौट जाने का प्रण किया था। अब चौदह वर्ष पूरे होने में दो ही चार दिन का विलम्ब है। यदि मुझे एक दिन की भी देर हो गयी तो भरत को बड़ा दुःख होगा। यदि जीवित रहा तो फिर कभी भेंट होगी। अभी तो अयोध्या तक पहुँचने में महीनों लगेंगे।

विभीषण– महाराज! अयोध्या तो आप दो दिन में पहुँच जायेंगे।

रामचन्द्र– केवल दो दिन में? यह कैसे सम्भव है?

विभीषण– मेरे भाई रावण ने अपने लिए एक वायुयान बनवाया था। उसे पुष्पक विमान कहते हैं! उसकी चाल एक हजार मील प्रतिदिन है। बड़े आराम की चीज है। दस-बारह आदमी आसानी से बैठ सकते हैं। ईश्वर ने चाहा तो आज के तीसरे दिन आप अयोध्या में होंगे। किन्तु मेरी इतनी प्रार्थना आपको स्वीकार करनी पड़ेगी! मैं भी आपके साथ चलूँगा। जहाँ आपके हजारों चाकर हैं वहाँ मुझे भी एक चाकर समझिये।

उसी दिन पुष्पक विमान आ गया। विचित्र और आश्चर्यजनक चीज़ थी। कल घुमाते ही हवा में उठ कर उड़ने लगती थी। बैठने की जगह अलग, सोने की जगह अलग, हीरे-जवाहरात जड़े हुए। ऐसा मालूम होता था कि कोई उड़ने वाला महल है। रामचन्द्र इसे देखकर बहुत प्रसन्न हुए किन्तु जब चलने को तैयार हुए तो हनुमान, सुग्रीव , अंगद, नील, जामवन्त; सभी नायकों ने कहा-महाराज! आपकी सेवा में इतने दिनों से रहने के बाद अब यह वियोग नहीं सहा जाता। यदि आप यहाँ नहीं रहते हैं तो हम लोगों को ही साथ लेते चलिए। वहाँ आपके राज्याभिषेक का उत्सव मनायेंगे, कौशल्या माता के दर्शन करेंगे, गुरु वशिष्ठ, विश्वामित्र, भरद्वाज इत्यादि के उपदेश सुनेंगे और आपकी सेवा करेंगे।

रामचन्द्र ने पहले तो उन्हें बहुत समझाया कि आप लोगों ने मेरे ऊपर जो उपकार किये हैं, वही काफी हैं, अब और अधिक उपकारों के बोझ से न दबाइये। किन्तु जब उन लोगों ने बहुत आग्रह किया तो विवश होकर उन लोगों को भी साथ ले लिया। सब-के-सब विमान में बैठे और विमान हवा में उड़ चला। रामचन्द्र और सीता में बातें होने लगीं। दोनों ने अपने-अपने वृत्तान्त वर्णन किये। विमान हवा में उड़ता चला जाता था। जिस रास्ते से आये थे उसी रास्ते से जा रहे थे। रास्ते में जो प्रसिद्ध स्थान आते थे, उन्हें रामचन्द्र जी सीता जी को दिखा देते थे। पहले समुद्र दिखायी दिया। उस पर बँधा हुआ पुल देखकर सीता जी को बड़ा आश्चर्य हुआ। फिर वह स्थान आया जहाँ रामचन्द्र ने बालि को मारा था। इसके बाद किष्किन्धापुरी दिखाई दी। रामचन्द्र ने कहा-जिस राजा सुग्रीव की सहायता से हमने लंका विजय की, उनका मकान यही है। सीता जी ने सुग्रीव की रानी से भेंट करने की इच्छा प्रकट की इसलिए विमान रोक दिया गया और लोग सुग्रीव के घर उतरे। तारा ने सीता जी के गले में फूलों की माला पहनायी और अपने साथ महल में ले गयी। सुग्रीव ने अपने प्रतिष्ठित अतिथियों की अभ्यर्थना की और उन्हें दो-चार दिन रोकना चाहा किन्तु रामचन्द्र कैसे रुक सकते थे। दूसरे दिन विमान फिर रवाना हुआ। सुग्रीव इत्यादि भी उस पर बैठकर चले। रामचन्द्र जी से उन लोगों को इतना प्रेम हो गया कि उनको छोड़ते हुए इन लोगों को दुःख होता था।

रामचन्द्र ने फिर सीता जी को मुख्य-मुख्य स्थान दिखाना प्रारम्भ किया। देखो, यह वह वन है जहाँ हम तुम्हें तलाश करते फिरते थे। अहा, देखो, वह छोटी-सी झोंपड़ी जो दिखायी दे रही है, वही शबरी का घर है। यहाँ रात भर हमने जो आराम पाया, उतना कभी अपने घर भी न पाया था। यह लो, वह

स्थान आ गया जहाँ पवित्र जटायु से हमारी भेंट हुई थी। वह उसकी कुटी है। केवल दीवारें शेष रह गयी हैं। जटायु ने हमें तुम्हारा पता न बताया होता तो ज्ञात नहीं कहाँ-कहाँ भटकते फिरते। वह देखो पंचवटी है। वह हमारी कुटी है। कितना जी चाहता है कि चल कर एक बार उस कुटी के दर्शन कर लूँ। सीता जी इस कुटी को देखकर रोने लगीं। आह! यहाँ से उन्हें रावण हर ले गया था। वह दिन, वह घड़ी कितनी अशुभ थी कि इतने दिनों तक उन्हें एक अत्याचारी की कैद में रहना पड़ा। रावण का वह साधुओं का-सा वेश उनकी आँखों में फिर आ गया। आँसू किसी प्रकार न थमते थे। कठिनता से रामचन्द्र ने उन्हें समझा कर चुप किया। विमान और आगे बढ़ा। अगस्त्य मुनि का आश्रम दिखायी दिया। रामचन्द्र ने उनके दर्शन किए किन्तु रुकने का अवकाश न था, इसलिए थोड़ी देर के बाद फिर विमान रवाना हुआ। चित्रकूट दिखायी दिया। सीता जी अपनी कुटी देखकर बहुत प्रसन्न हुईं। कुछ देर बाद प्रयाग दिखायी दिया। यहाँ भरद्वाज मुनि का आश्रम था। रामचन्द्र ने विमान को उतारने का आदेश दिया और मुनि जी की सेवा में उपस्थित हुए। मुनि जी उनसे मिलकर बहुत प्रसन्न हुए। बड़ी देर तक रामचन्द्र उन्हें अपने वृत्तान्त सुनाते रहे। फिर और बातें होने लगीं। रामचन्द्र ने कहा-महाराज ! मुझे तो आशा न थी कि फिर आपके दर्शन होंगे। किन्तु आपके आशीर्वाद से आज फिर आपके चरण-स्पर्श का अवसर मिल गया।

भरद्वाज बोले– बेटा ! जब तुम यहाँ से जा रहे थे, उस समय मुझे जितना दुःख हुआ था, उससे कहीं अधिक प्रसन्नता आज तुम्हारी वापसी पर हो रही है।

राम– आपको अयोध्या के समाचार तो मिलते होंगे ?

भरद्वाज– हाँ बेटा, वहाँ के समाचार तो मिलते रहते हैं! भरत तो अयोध्या से दूर एक गाँव में कुटी बना कर रहते हैं किन्तु शत्रुघ्न की सहायता से उन्होंने बहुत अच्छी तरह राज्य का कार्य सँभाला है। प्रजा प्रसन्न है। अत्याचार का नाम भी नहीं है। किन्तु सब लोग तुम्हारे लिए अधीर हो रहे हैं। भरत तो इतने अधीर हैं कि यदि तुम्हें एक दिन की भी देर हो गयी तो शायद तुम उन्हें जीवित न पाओ।

रामचन्द्र ने उसी समय हनुमान को बुलाकर कहा– तुम अभी भरत के पास जाओ और उन्हें मेरे आने की सूचना दो। वह बहुत घबरा रहे होंगे। मैं कल सवेरे यहाँ से चलूँगा। यह आज्ञा पाते ही हनुमान अयोध्या की ओर रवाना हुए और भरत का पता पूछते हुए नंदीग्राम पहुँचे। भरत ने ज्यों ही यह शुभ समाचार सुना, उन्हें मारे हर्ष के मूर्च्छा आ गयी। उसी समय एक आदमी को भेजकर शत्रुघ्न को बुलवाया और कहा-भाई, आज का दिन बड़ा शुभ है कि हमारे भाई साहब चौदह वर्ष के देश निकाले के बाद अयोध्या आ रहे हैं। नगर में ढिंढोरा पिटवा दो कि लोग अपने-अपने घर दीप जलायें और इस प्रसन्नता में उत्सव मनावें। सवेरे तुम उनके उत्सव का प्रबन्ध करके यहाँ आना। हम सब लोग भाई साहब की अगवानी करने चलेंगे।

दूसरे दिन सबेरे रामचन्द्र जी भरद्वाज मुनि के आश्रम से रवाना हुए। जिस अयोध्या की गोद में पले और खेले, उस अयोध्या के आज फिर दर्शन हुए। जब अयोध्या के बड़े-बड़े ऐश्वर्यशाली प्रासाद दिखायी देने लगे तो रामचन्द्र का मुख मारे प्रसन्नता के चमक उठा। उसके साथ ही आँखों से आँसू भी बहने लगे। हनुमान से बोले-मित्र, मुझे संसार में कोई स्थान अपनी अयोध्या से अधिक प्रिय नहीं। मुझे यहाँ के काँटे भी दूसरी जगह के फूलों से अधिक सुन्दर मालूम होते हैं। वह देखो, सरयू नदी नगर को अपनी गोद में लिये कैसे बच्चों की तरह खिला रही है। यदि मुझे भिक्षुक बनकर भी यहाँ रहना पड़े तो दूसरी जगह राज्य करने से अधिक प्रसन्न रहूँगा। अभी वह यही बातें कर रहे थे कि नीचे हाथी, घोड़ों, रथों का जुलूस दिखायी दिया। सबके आगे भरत

गेरुए रंग की चादर ओढ़े, जटा बढ़ाये, नंगे पाँव एक हाथ में रामचन्द्र की खड़ाऊँ लिये चले आ रहे थे। उनके पीछे शत्रुघ्न थे। पालकियों में कौशल्या, सुमित्रा और कैकेयी थीं। जुलूस के पीछे अयोध्या के लाखों आदमी अच्छे-अच्छे कपड़े पहने चले आ रहे थे। जुलूस को देखते ही रामचन्द्र ने विमान को नीचे उतारा। नीचे के आदमियों को ऐसा मालूम हुआ कि कोई बड़ा पक्षी पर जोड़े उतर रहा है। कभी ऐसा विमान उनकी दृष्टि के सामने न आया था। किन्तु जब विमान नीचे उतर आया, लोगों ने बड़े आश्चर्य से देखा कि उस पर रामचन्द्र, सीता और लक्ष्मण और उनके नायक बैठे हुए हैं। जय-जय की हर्ष-ध्वनि से आकाश हिल उठा।

ज्यों ही रामचन्द्र विमान से उतरे, भरत दौड़कर उनके चरणों से लिपट गये। उनके मुँह से शब्द न निकलता था। बस आँखों से आँसू बह रहे थे। रामचन्द्र उन्हें उठाकर छाती से लगाना चाहते थे किन्तु भरत उनके पैरों को न छोड़ते थे। कितना पवित्र दृश्य था! रामचन्द्र ने तो पिता की आज्ञा को मानकर वनवास लिया था किन्तु भरत ने राज्य मिलने पर भी स्वीकार न किया, इसलिए कि वह समझते थे कि रामचन्द्र के रहते राज्य पर मेरा कोई अधिकार नहीं है। उन्होंने राज्य ही नहीं छोड़ा, साधुओं का-सा जीवन व्यतीत किया क्योंकि कैकेयी ने उन्हीं के लिए रामचन्द्र को वनवास दिया था। वह साधुओं की तरह रहकर अपनी माता के अन्याय का बदला चुकाना चाहते थे। रामचन्द्र ने बड़ी कठिनाई से उठाया और छाती से लगा लिया। फिर लक्ष्मण भी भरत से गले मिले। उधर सीता जी ने जाकर कौशल्या और दूसरी माताओं के चरणों पर सिर झुकाया। कैकेयी रानी भी वहाँ उपस्थित थीं। तीनों सासों ने सीता को आशीर्वाद दिया। कैकेयी अब अपने किये पर लज्जित थीं। अब उनका हृदय रामचन्द्र और कौशल्या की ओर से साफ हो गया था।

रामचन्द्र की राजगद्दी

आज रामचन्द्र के राज्याभिषेक का शुभ दिन है। सरयू के किनारे मैदान में एक विशाल तम्बू खड़ा है। उसकी चोबें चाँदी की हैं और रस्सियाँ रेशम की। बहुमूल्य गलीचे बिछे हुए हैं। तम्बू के बाहर सुन्दर गमले रखे हुए हैं। तम्बू की छत शीशे के बहुमूल्य सामानों से सजी हुई है। दूर-दूर से ऋषि-मुनि बुलाये गये हैं। दरबार के धनी-मानी और प्रतिष्ठित राजे आदर से बैठे हैं। सामने एक सोने का जड़ाऊ सिंहासन रखा हुआ है।

एकाएक तोपें दगीं, सब लोग सँभल गये। विदित हो गया कि श्रीरामचन्द्र राज भवन से रवाना हो गये। उनके सागने घंटा और शंख बजाया जा रहा था। लक्ष्मण, भरत, शत्रुघ्न, हनुमान, सुग्रीव इत्यादि पीछे-पीछे चले आ रहे थे। रामचन्द्र ने आज राजसी पोशाक पहनी है और सीता जी के बनाव-सिंगार की तो प्रशंसा ही नहीं हो सकती।

ज्यों ही यह लोग तम्बू में पहुँचे, गुरु वशिष्ठ ने उन्हें हवनकुण्ड के सामने बैठाया। ब्राह्मण ने वेद-मन्त्र पढ़ना आरम्भ कर दिया। हवन होने लगा। उधर राजमहल में मंगल के गीत गाये जाने लगे। हवन समाप्त होने पर गुरु वशिष्ठ ने रामचन्द्र के माथे पर केसर का तिलक लगा दिया। उसी समय तोपों ने सलामियाँ दागीं, धनिकों ने नज़रें उपस्थिति कीं कवीश्वरों ने कवित्त पढ़ना प्रारम्भ कर दिया। रामचन्द्र और सीता जी सिंहासन पर शोभायमान हो गये। विभीषण मोरछल झलने लगा। सुग्रीव ने चोबदारों का काम सँभाल लिया और हनुमान पंखा झलने लगे। निष्ठावान हनुमान की प्रसन्नता की थाह न थी। जिस राजकुमार को बहुत दिन पहले उन्होंने ऋष्यमूक पर्वत पर इधर-उधर

सीता की तलाश करते पाया था, आज उसी को सीता जी के साथ सिंहासन पर बैठे देख रहे थे। इन्हें इस उद्दिष्ट स्थान तक पहुँचाने में उन्होंने कितना भाग लिया था, अभिमानपूर्ण गौरव से वह फूले न समाते थे।

भरत बड़े-बड़े थालों में मेवे, अनाज भरे बैठे हुए थे। रुपयों का ढेर उनके सामने लगा था। ज्यों ही रामचन्द्र और सीता सिंहासन पर बैठे, भरत ने दान देना प्रारम्भ कर दिया। उन चौदह वर्षों में उन्होंने बचत करके राजकोष में जो कुछ एकत्रित किया था, वह सब किसी-न-किसी रूप में फिर प्रजा के पास पहुँच गया। निर्धनों को भी अशर्फियों की सूरत दिखायी दे गयी। नंगों को शाल-दुशाले प्राप्त हो गये और भूखों को मेवों और मिठाइयों से सन्तुष्टि हो गयी। चारों तरफ भरत की दानशीलता की धूम मच गयी। सारे राज्य में कोई निर्धन न रह गया। किसानों के साथ विशेष छूट की गयी। एक साल का लगान माफ कर दिया गया। जहग-जगह कुएँ खोदवा दिये गये। बन्दियों को मुक्त कर दिया गया। केवल वही मुक्त न किये गये जो छल और कपट के अभियुक्त थे। धनिकों और प्रतिष्ठितों को पदवियाँ दी गयीं और थैलियाँ बाँटी गयीं।

अध्याय-7

राम-राज्य

राज्याभिषेक का उत्सव समाप्त होने के उपरांत सुग्रीव, विभीषण, अंगद इत्यादि तो विदा हुए किन्तु हनुमान को रामचन्द्र से इतना प्रेम हो गया था कि वह उन्हें छोड़कर जाने पर सहमत न हुए। लक्ष्मण, भरत इत्यादि ने उन्हें बहुत समझाया किन्तु वह अयोध्या से न गये। उनका सारा जीवन रामचन्द्र के साथ ही समाप्त हुआ। वह सदैव रामचन्द्र की सेवा करने को तैयार रहते थे। बड़े से बड़ा कठिन काम देखकर भी उनका साहस मन्द न होता था।

रामचन्द्र के समय में अयोध्या के राज्य की इतनी उन्नति हुई, प्रजा इतनी प्रसन्न थी कि 'राम-राज्य' एक कहावत हो गयी है। जब किसी समय की बहुत प्रशंसा करनी होती है तो उसे 'राम-राज्य' कहते हैं। उस समय में छोटे-बड़े सब प्रसन्न थे इसीलिए कोई चोरी न करता था। शिक्षा अनिवार्य थी, बड़े-बड़े ऋषि लड़कों को पढ़ाते थे इसीलिए अनुचित कर्म न होते थे। विद्वान लोग न्याय करते थे इसलिए झूठी गवाहियाँ न बनायी जाती थीं। किसानों पर सख्ती न की जाती थी इसलिए वह मन लगाकर खेती करते थे। अनाज बहुतायत से पैदा होता था। हर एक गाँव में कुएँ और तालाब खुदवा दिये गये थे, नहरें बनवा दी गयी थीं इसलिए किसान लोग आकाश-वर्षा पर ही निर्भर न रहते थे। सफाई का बहुत अच्छा प्रबन्ध था। खाने-पीने की चीजों की कमी न थी।

दूध-घी विपुलता से पैदा होता था क्योंकि हर एक गाँव में साफ चरागाहें थीं इसलिए देश में बीमारियाँ न थीं। प्लेग, हैजा, चेचक इत्यादि बीमारियों के नाम भी कोई न जानता था। स्वस्थ रहने के कारण सभी सुन्दर थे। कुरूप आदमी कठिनाई से मिलता था क्योंकि स्वास्थ्य ही सुन्दरता का भेद है। युवा मृत्यु बहुत कम होती थीं इसलिए लोग अपनी पूरी आयु तक जीते थे। गली-गली अनाथालय न थे इसलिए कि देश में अनाथ और विधवायें थीं ही नहीं।

उस समय में आदमी की प्रतिष्ठा उसके धन या प्रसिद्धि के अनुसार नहीं बल्कि धर्म और ज्ञान के अनुसार की जाती थी। धनिक लोग निर्धनों का रक्त चूसने की चिन्ता में न रहते थे, न निर्धन लोग धनिकों को धोखा देते थे। धर्म और कर्तव्य की तुलना में स्वार्थ और प्रयोजन को लोग तुच्छ समझते थे। रामचन्द्र प्रजा को अपने लड़के की तरह मानते थे। प्रजा भी उन्हें अपना पिता समझती थी। घर-घर यज्ञ और हवन होता था।

रामचन्द्र केवल अपने परामर्शदाताओं ही की बातें न सुनते थे। वह स्वयं भी प्रायः वेश बदलकर अयोध्या और राज्य के दूसरे नगरों में घूमते रहते थे। वह चाहते थे कि प्रजा का ठीक-ठीक समाचार उन्हें मिलता रहे। ज्यों ही वह किसी सरकारी पदाधिकारी की बुराई सुनते, तुरन्त उससे उत्तर माँगते और कड़ा दण्ड देते। सम्भव न था कि प्रजा पर कोई अत्याचार करे और रामचन्द्र को उसकी सूचना न मिले। जिस ब्राह्मण को धन की ओर झुकते देखते, तुरन्त उसका नाम वैश्यों में लिखा देते। उनके राज्य में यह सम्भव न था कि कोई तो धन और प्रतिष्ठा दोनों ही लूटे और कोई दोनों में से एक भी न पाये।

कई साल इसी तरह बीत गये। एक दिन रामचन्द्र रात को अयोध्या की गलियों में वेश बदले घूम रहे थे कि एक धोबी के घर में झगड़े की आवाज सुनकर वे रुक गये और कान लगाकर सुनने लगे। ज्ञात हुआ कि धोबिन आधी रात को बाहर से लौटी है और उसका पति उससे पूछ रहा है कि तू

इतनी रात तक कहाँ रही। स्त्री कह रही थी, यहीं पड़ोस में तो काम से गयी थी। क्या कैदी बनकर तेरे घर में रहूँ? इस पर पति ने कहा-मेरे पास रहेगी तो तुझे कैदी बनकर ही रहना पड़ेगा, नहीं तो कोई दूसरा घर ढूँढ ले। मैं राजा नहीं हूँ कि तू चाहे जो अवगुण करे, उस पर पर्दा पड़ जाये। यहाँ तो तनिक भी ऐसी-वैसी बात हुई तो बिरादरी से निकाल दिया जाऊँगा। हुक्का-पानी बन्द हो जायेगा। बिरादरी को भोज देना पड़ जायेगा। इतना किसके घर से लाऊँगा। तुझे अगर सैर-सपाटा करना है तो मेरे घर से चली जा। इतना सुनना था कि रामचन्द्र के होश उड़ गये। ऐसा मालूम हुआ कि जमीन नीचे धँसी जा रही है। ऐसे-ऐसे छोटे आदमी भी मेरी बुराई कर रहे हैं! मैं अपनी प्रजा की दृष्टि में इतना गिर गया हूँ! जब एक धोबी के दिल में ऐसे विचार पैदा हो रहे हैं तो भले आदमी शायद मेरा छुआ पानी भी न पियें। उसी समय रामचन्द्र घर की ओर चले और सारी रात इसी बात पर विचार करते रहे। कुछ बुद्धि काम न करती थी कि क्या करना चाहिए! इसके सिवा कोई युक्ति न थी कि सीता जी को अपने पास से अलग कर दें। किन्तु इस पवित्रता की देवी के साथ इतनी निर्दयता करते हुए उन्हें आत्मिक दुःख हो रहा था।

सबेरे रामचन्द्र ने तीनों भाइयों को बुलवाया और रात की घटना की चर्चा करके उनकी सलाह पूछी। लक्ष्मण ने कहा-उस नीच धोबी को फाँसी दे देनी चाहिए जिससे कि फिर किसी को ऐसी बुराई करने का साहस न हो।

शत्रुघ्न ने कहा– उसे राज्य से निकाल दिया जाये। उसकी बदज़बानी की यही सजा है।

भरत बोले– बकने दीजिए। इन नीच आदमियों के बकने से होता ही क्या है। सीता से अधिक पवित्र देवी संसार में तो क्या, देवलोक में भी न होगी।

लक्ष्मण ने जोश से कहा–आप क्या कहते हैं भाई साहब! इन टके के आदमियों को इतना साहस कि सीता जी के विषय में ऐसा असंतोष प्रकट

करें? ऐसे आदमी को अवश्य फाँसी देनी चाहिए। सीता जी ने अपनी पवित्रता का प्रमाण उसी समय दे दिया जब वह चिता में कूदने को तैयार हो गयीं।

रामचन्द्र ने देर तक विचार में डूबे रहने के बाद सिर उठाया और बोले– आप लोगों ने सोचकर परामर्श नहीं दिया। क्रोध में आ गये। धोबी को मार डालने से हमारी बदनामी दूर न होगी, बल्कि और भी फैलेगी। बदनामी को दूर करने का केवल एक इलाज है और वह है कि सीता जी का परित्याग कर दिया जाये। मैं जानता हूँ कि सीता लज्जा और पवित्रता की देवी हैं। मुझे पूरा विश्वास है कि उन्होंने स्वप्न में भी मेरे अतिरिक्त और किसी का ध्यान नहीं किया किन्तु मेरा विश्वास जब प्रजा के दिलों में विश्वास नहीं पैदा कर सकता तो उससे लाभ ही क्या। मैं अपने वंश में कलंक लगते नहीं देख सकता। मेरा धर्म है कि प्रजा के सामने जीवन का ऐसा उदाहरण उपस्थित करूँ जो समाज को और भी ऊँचा और पवित्र बनाये। यदि मैं ही लोक-निन्दा और बदनामी से न डरूँगा तो प्रजा इसकी कब परवाह करेगी और इस प्रकार जनसाधारण को सीधे और सच्चे मार्ग से हट जाना सरल हो जायेगा। बदनामी से बढ़कर हमारे जीवन को सुधारने की कोई दूसरी ताकत नहीं है। मैंने जो युक्ति बतलायी, उसके सिवाय और कोई दूसरी युक्ति नहीं है।

तीनों भाई रामचन्द्र का यह वार्तालाप सुनकर गुमसुम हो गये। कुछ जवाब न दे सके। हाँ, दिल में उनके बलिदान की प्रशंसा करने लगे। वह जानते हैं कि सीता जी निरपराध हैं, फिर भी समाज की भलाई के विचार से अपने हृदय पर इतना अत्याचार कर रहे हैं। कर्तव्य के सामने, प्रजा की भलाई के सामने इन्हें उसकी भी परवाह नहीं है जो इन्हें दुनिया में सबसे प्रिय है। शायद यह अपनी बुराई सुनकर इतनी ही तत्परता से अपनी जान दे देते।

रामचन्द्र ने एक क्षण के बाद फिर कहा– हाँ, इसके सिवा अब कोई दूसरी युक्ति नहीं है। आज मुझे एक धोबी से लज्जित होना पड़ रहा है। मैं इसे सहन नहीं कर सकता। भैया लक्ष्मण, तुमने बड़े कठिन अवसरों पर मेरी सहायता की है। यह काम भी तुम्हीं को करना होगा। मुझमें सीता से बात करने का साहस नहीं है, मैं उनके सामने जाने का साहस नहीं कर सकता। उनके सामने जाकर मैं अपने राष्ट्रीय कर्तव्य से हट जाऊँगा, इसलिए तुम आज ही सीता जी को किसी बहाने से लेकर चले जाओ। मैं जानता हूँ कि निर्दयता करते हुए तुम्हारा हृदय तुमको कोसेगा किन्तु याद रखो, कर्तव्य का मार्ग कठिन है। जो आदमी तलवार की धार पर चल सके, वही कर्तव्य के रास्ते पर चल सकता है।

यह आज्ञा देकर रामचन्द्रजी दरबार में चले गये। लक्ष्मण जानते थे कि यदि आज रामचन्द्र की आज्ञा का पालन न किया गया तो वह अवश्य आत्महत्या कर लेंगे। वह अपनी बदनामी कदापि नहीं सह सकते। सीता जी के साथ छल करते हुए उनका हृदय उनको धिक्कार रहा था किन्तु विवश थे। जाकर सीता जी से बोले-भाभी ! आप जंगलों की सैर का कई बार तकाजा कर चुकी हैं, मैं आज सैर करने जा रहा हूँ। चलिये, आपको भी लेता चलूँ।

बेचारी सीता क्या जानती थीं कि आज यह घर मुझसे सदैव के लिए छूट रहा है! मेरे स्वामी मुझे सदैव के लिए वनवास दे रहे हैं! बड़ी प्रसन्नता से चलने को तैयार हो गयीं। उसी समय रथ तैयार हुआ, लक्ष्मण और सीता उस पर बैठकर चले। सीता जी बहुत प्रसन्न थीं। हर एक नयी चीज को देखकर प्रश्न करने लगती थीं, यह क्या है, वह क्या चीज है? किन्तु लक्ष्मण इतने शोकग्रस्त थे कि हूँ हाँ करके टाल देते थे। उनके मुँह से शब्द न निकलता था। बातें करते तो तुरंत पर्दा खुल जाता क्योंकि उनकी आँखों में बार-बार आँसू भर आते थे। आखिर रथ गंगा के किनारे जा पहुँचा।

सीता जी बोलीं– तो क्या हम लोग आज जंगलों में ही रहेंगे? शाम होने को आयी, अभी तो किसी ऋषि-मुनि के आश्रम में भी नहीं गयी। लौटेंगे कब तक?

लक्ष्मण ने मुँह फेरे हुए उत्तर दिया– देखिये, कब तक लौटते हैं।

गाँढी को ज्यों ही रानी सीता के आने की सूचना मिली, वह राज्य की नाव खेता हुआ आया। सीता रथ से उतरकर नाव में जा बैठीं और पानी से खेलने लगीं। जंगल की ताजी हवा ने उन्हें प्रफुल्लित कर दिया था।

सीता वनवास

नदी के पार पहुँचकर सीता जी की दृष्टि एकाएक लक्ष्मण के चेहरे पर पड़ी तो देखा कि उनकी आँखों से आँसू बह रहे हैं। वीर लक्ष्मण ने अब तक तो अपने को रोका था पर अब आँसू न रुक सके। मैदान में तीरों को रोकना सरल है, आँसू को कौन वीर रोक सकता है!

सीता जी आश्चर्य से बोलीं– लक्ष्मण, तुम रो क्यों रहे हो? क्या आज वन को देखकर फिर वनवास के दिन याद आ रहे हैं?

लक्ष्मण और भी फूट-फूटकर रोते हुए सीता जी के पैरों पर गिर पड़े और बोले– नदी देवी! इसलिए कि आज मुझसे अधिक भाग्यहीन, निर्दय पुरुष संसार में नहीं। क्या ही अच्छा होता, मुझे मौत आ जाती। मेघनाद की शक्ति ही ने काम तमाम कर दिया होता तो आज यह दिन न देखना पड़ता। जिस देवी के दर्शनों से जीवन पवित्र हो जाता है, उसे आज मैं वनवास देने आया हूँ। हाय! सदैव के लिए!

सीता जी अब भी कुछ साफ-साफ न समझ सकीं। घबराकर बोलीं– भैया, तुम क्या कह रहे हो, मेरी समझ में नहीं आता। तुम्हारी तबीयत तो अच्छी है? आज तुम रास्ते पर उदास रहे। ज्वर तो नहीं हो आया?

लक्ष्मण ने सीता जी के पैरों पर सिर रगड़ते हुए– माता! मेरा अपराध क्षमा करो। मैं बिल्कुल निरपराध हूँ। भाई साहब ने जो आज्ञा दी है, उसका पालन कर रहा हूँ। शायद इसी दिन के लिए मैं अब तक जीवित था। मुझसे ईश्वर को यही बधिक का काम लेना था। हाय!

सीता जी अब पूरी परिस्थिति समझ गयीं। अभिमान से गर्दन उठाकर बोलीं-तो क्या स्वामी जी ने मुझे वनवास दे दिया है ? मेरा कोई अपराध, कोई दोष ? अभी रात को नगर में भ्रमण करने के पहले वह मेरे ही पास थे। उनके चेहरे पर क्रोध का निशान तक न था। फिर क्या बात हो गई ? साफ-साफ कहो, मैं सुनना चाहती हूँ ! और अगर सुनने वाला हो तो उसका उत्तर भी देना चाहती हूँ।

लक्ष्मण ने अभियुक्तों की तरह सिर झुकाकर कहा– माता! क्या बतलाऊँ, ऐसी बात है जो मेरे मुँह से निकल नहीं सकती। अयोध्या में आपके बारे में लोग भिन्न-भिन्न प्रकार की बात कह रहे हैं। भाई साहब को आप जानती हैं, बदनामी से कितना डरते हैं। और मैं आपसे क्या कहूँ।

सीता जी की आँखों में न आँसू थे, न घबराहट; वह चुपचाप टकटकी लगाये गंगा की ओर देख रही थीं, फिर बोलीं-क्या स्वामी को भी मुझ पर संदेह है?

लक्ष्मण ने जबान को दाँतों से दबाकर कहा– नहीं भाभी जी, कदापि नहीं। उन्हें आपके ऊपर कण बराबर भी सन्देह नहीं है। उन्हें आपकी पवित्रता का उतना ही विश्वास है, जितना अपने अस्तित्व का। यह विश्वास किसी प्रकार नहीं मिट सकता, चाहे सारी दुनिया आप पर उंगली उठाये। किन्तु जनसाधारण की जबान को वह कैसे रोक सकते हैं। उनके दिल में आपका जितना प्रेम है, वह मैं देख चुका हूँ। जिस समय उन्होंने मुझे यह आज्ञा दी है, उनका चेहरा पीला पड़ गया था, आँखों से आँसू बह रहे थे; ऐसा प्रतीत हो रहा

था कि कोई उनके सीने के अन्दर बैठा हुआ छुरियाँ मार रहा है। बदनामी के सिवा उन्हें कोई विचार नहीं है, न हो सकता है।

सीता जी की आँखों से आँसू की दो बड़ी-बड़ी बूँदें टप-टप गिर पड़ीं। किन्तु उन्होंने अपने को सँभाला और बोलीं-प्यारे लक्ष्मण, अगर यह स्वामी का आदेश है तो मैं उनके सामने सिर झुकाती हूँ। मैं उन्हें कुछ नहीं कहती। मेरे लिए यही विचार पर्याप्त है कि उनका हृदय मेरी ओर से साफ है। मैं और किसी बात की चिन्ता नहीं करती। तुम न रोओ भैया, तुम्हारा कोई दोष नहीं, तुम क्या कर सकते हो। मैं मरकर भी तुम्हारे उपकारों को नहीं भूल सकती। यह सब बुरे कर्मों का फल है, नहीं तो जिस आदमी ने कभी किसी जानवर के साथ भी अन्याय नहीं किया, जो शील और दया का देवता है, जिसकी एक-एक बात मेरे हृदय में प्रेम की लहरें पैदा कर देती थी, उसके हाथों मेरी यह दुर्गति होती? जिसके लिए मैंने चौदह साल रो-रोकर काटे, वह आज मुझे त्याग देता? यह सब मेरे खोटे कर्मों का भोग है। तुम्हारा कोई दोष नहीं। किन्तु तुम्हीं दिल में सोचो, क्या मेरे साथ यह न्याय हुआ है? क्या बदनामी से बचने के लिए किसी निर्दोष की हत्या कर देना न्याय है? अब और कुछ न कहूँगी भैया, इस शोक और क्रोध की दशा में संभव है मुँह से कोई ऐसा शब्द निकल जाये जो न निकलना चाहिए। ओह! कैसे सहन करूँ? ऐसा जी चाहता है कि इसी समय जाकर गंगा में डूब मरूँ! हाय! कैसे दिल को समझाऊँ? किस आशा पर जीवित रहूँ; किसलिए जीवित रहूँ? यह पहाड़-सा जीवन क्या रो-रोकर काटूँ? स्त्री क्या प्रेम के बिना जीवित रह सकती है? कदापि नहीं। सीता आज से मर गयी।

गंगा के किनारे के लम्बे-लम्बे वृक्ष सिर धुन रहे थे। गंगा की लहरें मानो रो रही थीं! अँधेरा भयानक आकृति धारण किये दौड़ा चला आता था। लक्ष्मण पत्थर की मूर्ति बने निश्चल खड़े थे मानो शरीर में प्राण ही नहीं। सीता दो-तीन मिनट तक किसी विचार में डूबी रहीं, फिर बोलीं-नहीं वीर लक्ष्मण;

अभी जान न दूँगी। मुझे अभी एक बहुत बड़ा कर्तव्य पूरा करना है। अपने बच्चे के लिए जिऊँगी। वह तुम्हारे भाई की थाती है। उसे उनको सौंपकर ही मेरा कर्तव्य पूरा होगा। अब वही मेरे जीवन का आधार होगा। स्वामी नहीं हैं तो उनकी स्मृति ही से हृदय को आश्वासन दूँगी! मुझे किसी से कोई शिकायत नहीं है। अपने भाई से कह देना, मेरे हृदय में उनकी ओर से कोई दुर्भावना नहीं है। जब तक जिऊँगी, उनके प्रेम को याद करती रहूँगी। भैया! हृदय बहुत दुर्बल हो रहा है। कितना ही रोकती हूँ पर रहा नहीं जाता। मेरी समझ में नहीं आता कि जब इस तपोवन के ऋषि-मुनि मुझसे पूछेंगे, तेरे स्वामी ने तुझे क्यों वनवास दिया है; तो क्या कहूँगी। कम से कम तुम्हारे भाई साहब को इतना तो बतला ही देना चाहिए था। ईश्वर की भी कैसी विचित्र लीला है कि वह कुछ आदमियों को केवल रोने के लिए पैदा करता है। एक बार के आँसू अभी सूखने भी न पाये थे कि रोने का यह नया सामान पैदा हो गया। हाय! इन्हीं जंगलों में जीवन के कितने दिन आराम से व्यतीत हुए हैं। किन्तु अब रोना है और सदैव के लिए रोना है। भैया, तुम अब जाओ। मेरा विलाप कब तक सुनते रहोगे ! यह तो जीवन भर समाप्त न होगा। माताओं से मेरा नमस्कार कह देना! मुझसे जो कुछ अशिष्टता हुई हो, उसे क्षमा करें। हाँ, मेरे पाले हुए हिरन के बच्चों की खोज-खबर लेते रहना। पिंजरे में मेरा हिरामन तोता पड़ा हुआ है। उसके दाने-पानी का ध्यान रखना। और क्या कहूँ ! ईश्वर तुम्हें सदैव कुशल से रखे। मेरे रोने-धोने की चर्चा अपने भाई साहब से न करना। नहीं शायद उन्हें दुःख हो। तुम जाओ। अँधेरा हुआ जाता है। अभी तुम्हें बहुत दूर जाना है।

लक्ष्मण यहाँ से चले तो उन्हें ऐसा प्रतीत हो रहा था कि हृदय के अन्दर आग-सी जल रही है। यह जी चाहता था कि सीता जी के साथ रह कर सारा जीवन उनकी सेवा करता रहूँ। पग-पग मुड़-मुड़कर सीता जी को देख लेते थे। वह अब तक वहीं सिर झुकाये बैठी हुई थीं। जब अँधेरे ने उन्हें अपने पर्दे

में छिपा लिया तो लक्ष्मण भूमि पर बैठ गये और बड़ी देर तक फूट-फूटकर रोते रहे। एकाएक निराशा में एक आशा की किरण दिखायी दी! शायद रामचन्द्र ने इस प्रश्न पर फिर विचार किया हो और वह सीता जी को वापस लेने को तैयार हों। शायद वह फिर उन्हें कल ही यह आज्ञा दें कि जाकर सीता को लिवा लाओ। इस आशा ने खिन्न और निराश लक्ष्मण को बड़ी सान्त्वना दी। वह वेग से पग उठाते हुए नौका की ओर चले।

लव और कुश

जहाँ सीता जी निराश और शोक में डूबी हुई रो रही थीं, उसके थोड़ी ही दूर पर ऋषि वाल्मीकि का आश्रम था। उस समय ऋषि सन्ध्या करने के लिए गंगा की ओर जाया करते थे ! आज भी वह जब नियमानुसार चले तो मार्ग में किसी स्त्री के सिसकने की आवाज कान में आयी! आश्चर्य हुआ कि इस समय कौन स्त्री रो रही है। समझे, शायद कोई लकड़ी बटोरने वाली औरत रास्ता भूल गयी हो! सिसकियों की आहट लेते हुए निकट आये तो देखा कि एक स्त्री बहुमूल्य कपड़े और आभूषण पहने अकेली रो रही है। पूछा-बेटी, तू कौन है और यहाँ बैठी क्यों रो रही है ?

सीता ऋषि वाल्मीकि को पहचानती थीं। उन्हें देखते ही उठकर उनके चरणों से लिपट गयीं और बोलीं-भगवन्! मैं अयोध्या की अभागिनी रानी सीता हूँ। स्वामी ने बदनामी के डर से मुझे त्याग दिया है! लक्ष्मण मुझे यहाँ छोड़ गये हैं।

वाल्मीकि ने प्रेम से सीता को अपने पैरों से उठा लिया और बोले-बेटी, अपने को अभागिनी न कहो। तुम उस राजा की बेटी हो जिसके उपदेश से हमने ज्ञान सीखा है। तुम्हारे पिता मेरे मित्र थे। जब तक मैं जीता हूँ, यहाँ तुम्हें

किसी बात का कष्ट न होगा। चलकर मेरे आश्रम में रहो। रामचन्द्र ने तुम्हारी पवित्रता पर विश्वास रखते हुए भी केवल बदनामी के डर से त्याग दिया, यह उनका अन्याय है। लेकिन इसका शोक न करो। सबसे सुखी वही आदमी है, जो सदैव प्रत्येक दशा में अपने कर्तव्य को पूरा करता रहे। यह बड़े सौंदर्य की जगह है। यहाँ तुम्हारी तबीयत खुश होगी। ऋषियों की लड़कियों के साथ रहकर तुम अपने सब दुःख भूल जाओगी। राजमहल में तुम्हें वही चीजें मिल सकती थीं जिनसे शरीर को आराम पहुँचता है, यहाँ तुम्हें वह चीजें मिलेंगी जिनसे आत्मा को शान्ति और आराम प्राप्त होता है। उठो, मेरे साथ चलो। क्या ही अच्छा होता, यदि मुझे पहले मालूम हो जाता तो तुम्हें इतना कष्ट न होता।

सीता जी को ऋषि वाल्मीकि की इन बातों से बड़ा संतोष हुआ। उठकर उनके साथ उनकी कुटिया में आईं। वहाँ और भी कई ऋषियों की कुटियाँ थीं। सीता उनकी स्त्रियों और लड़कियों के साथ रहने लगीं। इस प्रकार कई महीने के बाद उनके दो बच्चे पैदा हुए। ऋषि वाल्मीकि ने बड़े का नाम लव और छोटे का नाम कुश रखा। दोनों ही बच्चे रामचन्द्र से बहुत मिलते थे। जहीन और तेज इतने थे कि जो बात एक बार सुन लेते, सदैव के लिए हृदय पर अंकित हो जाती। वह अपनी भोली-भाली तोतली बातों से सीता को हर्षित किया करते थे। ऋषि वाल्मीकि दोनों बच्चों को बहुत प्यार करते थे। इन दोनों बच्चों को पालने-पोसने में सीता अपना शोक भूल गयीं।

जब दोनों बच्चे जरा बड़े हुए तो ऋषि वाल्मीकि ने उन्हें पढ़ाना प्रारम्भ किया। अपने साथ वन में ले जाते और नाना प्रकार के फल-फूल दिखाते। बचपन ही से सबसे प्रेम और झूठ से घृणा करना सिखाया। युद्ध की कला भी खूब मन लगाकर सिखाई। दोनों इतने वीर थे कि बड़े-बड़े भयानक जानवरों को भी मार गिराते थे। उनका गला बहुत अच्छा था। उनका गाना सुनकर ऋषि लोग भी मस्त हो जाते थे। वाल्मीकि ने रामचन्द्र के जीवन का वृत्तान्त

पद्य में लिखकर दोनों राजकुमारों को याद करा दिया था। जब दोनों गा-गाकर सुनाते तो सीता जी अभिमान और गौरव की लहरों में बहने लगती थीं।

अश्वमेध यज्ञ

सीता को त्याग देने के बाद रामचन्द्र बहुत दुःखित और शोकाकुल रहने लगे। सीता की याद हमेशा उन्हें सताती रहती थी। सोचते, बेचारी न जाने कहाँ होगी, न जाने उस पर क्या बीत रही होगी ! उस समय को याद करके जो उन्होंने सीता जी के साथ व्यतीत किया था, वह प्रायः रोने लगते थे। घर की हर एक चीज उन्हें सीता की याद दिला देती थी। उनके कमरे की तस्वीरें सीता जी की बनायी हुई थीं। बाग के कितने ही पौधे सीता जी के हाथों के लगाये हुए थे। सीता के स्वयंवर के समय की याद करते, कभी सीता के साथ जंगलों के जीवन का विचार करते। उन बातों को याद करके वह तड़पने लगते। आनंदोत्सवों में सम्मिलित होना उन्होंने बिलकुल छोड़ दिया। बिलकुल तपस्वियों की तरह जीवन व्यतीत करने लगे। दरबार के सभासदों और मंत्रियों ने समझाया कि आप दूसरा विवाह कर लें। किसी प्रकार नाम तो चले। कब तक इस प्रकार तपस्या कीजियेगा? किन्तु रामचन्द्र विवाह करने पर सहमत न हुए। यहाँ तक कि कई साल बीत गये।

उस समय कई प्रकार के यज्ञ होते थे। उसी में एक अश्वमेध यज्ञ भी था। अश्व घोड़े को कहते हैं। जो राजा यह आकांक्षा रखता था कि वह सारे देश का महाराजा हो जाये और सभी राजे उसके आज्ञापालक बन जायें, वह एक घोड़े को छोड़ देता था। घोड़ा चारों ओर घूमता था। यदि कोई राजा उस घोड़े को पकड़ लेता था तो इसके अर्थ यह होते थे कि उसे सेवक बनना स्वीकार नहीं। तब युद्ध से इसका निर्णय होता था। राजा रामचन्द्र का बल और साम्राज्य

इतना बढ़ गया कि उन्होंने अश्वमेध यज्ञ करने का निश्चय किया। दूर-दूर के राजाओं, महर्षियों, विद्वानों के पास नवेद भेजे गये। सुग्रीव, विभीषण, अंगद सब उस यज्ञ में सम्मिलित होने के लिए आ पहुँचे। ऋषि वाल्मीकि को भी नवेद मिला। वह लव और कुश के साथ आ गये। यज्ञ की बड़ी धूमधाम से तैयारियाँ होने लगीं। अतिथियों के मनबहलाव के लिए नाना प्रकार के आयोजन किये गये थे। कहीं पहलवानों के दंगल थे, कहीं राग-रंग की सभायें। किन्तु जो आनन्द लोगों को लव और कुश के मुँह से रामचन्द्र की चर्चा सुनने में आता था, वह और किसी बात में न आता था। दोनों लड़के सुर मिलाकर इतने प्रिय भाव से यह काव्य गाते थे कि सुनने वाले मोहित हो जाते थे। चारों ओर उनकी वाह-वाह मची हुई थी। धीरे-धीरे रानियों को भी उनका गाना सुनने का शौक पैदा हुआ। एक आदमी दोनों ब्रह्मचारियों को रनिवास में ले गया। यहाँ तीन बड़ी रानियाँ, उनकी तीनों बहुएँ और बहुत-सी स्त्रियाँ बैठी हुई थीं। रामचन्द्र भी उपस्थित थे। इन लड़कों के लंबे-लंबे केश, वन की स्वास्थ्यकर हवा से निखरा हुआ लाल रंग और सुन्दर मुखमण्डल देखकर सब-के-सब दंग हो गये। दोनों की सूरत रामचन्द्र से बहुत मिलती थी। वही ऊँचा ललाट था, वही लंबी नाक, वही चौड़ा वक्ष। वन में ऐसे लड़के कहाँ से आ गये, सबको यही आश्चर्य हो रहा था। कौशल्या मन में सोच रही थीं कि रामचन्द्र के लड़के होते तो वह भी ऐसे ही होते। जब लड़कों ने कवित्त गाना प्रारम्भ किया तो सबकी आँखों से आँसू बहने शुरू हो गये। लड़कों का सुर जितना प्यारा था, उतनी ही प्यारी और दिल को हिला देने वाली कविता थी। गाना सुनने के बाद रामचन्द्र ने बहुत चाहा कि उन लड़कों को कुछ पुरस्कार दें किन्तु उन्होंने लेना स्वीकार न किया। आखिर उन्होंने पूछा-तुम दोनों को गाना किसने सिखाया और तुम कहाँ रहते हो ?

लव ने कहा– हम लोग ऋषि वाल्मीकि के आश्रम में रहते हैं। उन्होंने हमें गाना सिखाया है।

रामचन्द्र ने फिर पूछा– और यह कविता किसने बनायी?

लव ने उत्तर दिया– ऋषि वाल्मीकि ने ही यह कविता भी बनायी है।

रामचन्द्र को उन दोनों लड़कों से इतना प्रेम हो गया था कि वह उसी समय ऋषि वाल्मीकि के पास गये और उनसे कहा-महाराज! आपसे एक प्रश्न करने आया हूँ, दया कीजियेगा।

ऋषि ने मुस्कराकर कहा– राजा रंक से प्रश्न करने आया है? आश्चर्य है। कहिये।

रामचन्द्र ने कहा– मैं चाहता हूँ कि इन दोनों लड़कों को, जिन्होंने आपके रचे हुए पद सुनाये हैं, अपने पास रख लूँ। मेरे अँधेरे घर के दीपक होंगे। हैं तो किसी अच्छे वंश के लड़के?

वाल्मीकि ने कहा– हाँ, बहुत उच्च वंश के हैं। ऐसा वंश भारत में दूसरा नहीं है।

राम– तब तो और भी अच्छा है। मेरे बाद वही मेरे उत्तराधिकारी होंगे। उनके माता-पिता को इसमें कोई आपत्ति तो न होगी?

वाल्मीकि– कह नहीं सकता। सम्भव है आपत्ति हो। पिता को तो लेशमात्र भी न होगी किन्तु माता के विषय में कुछ भी नहीं कह सकता। अपनी मर्यादा पर जान देने वाली स्त्री है।

राम– यदि आप उस देवी को किसी प्रकार सम्मत कर सकें तो मुझ पर बड़ी कृपा होगी।

वाल्मीकि– चेष्टा करूँगा। मैंने ऐसी सज्जन, लज्जाशीला और सती स्त्री नहीं देखी। यद्यपि उसके पति ने उसे निरपराध, अकारण त्याग दिया है किन्तु वह सदैव उसी पति की पूजा करती है।

रामचन्द्र की छाती धड़कने लगी। कहीं यह मेरी सीता न हो। आह दैव, यह लड़के मेरे होते! तब तो भाग्य ही खुल जाता।

वाल्मीकि फिर बोले– बेटा, अब तो तुम समझ गये होगे कि मैं किस ओर संकेत कर रहा हूँ।

रामचन्द्र का चेहरा आनन्द से खिल गया। बोले-हाँ महाराज, समझ गया।

वाल्मीकि– जब से तुमने सीता को त्याग दिया है, वह मेरे ही आश्रम में है। मेरे आश्रम में आने के दो-तीन महीने के बाद वह लड़के पैदा हुए थे। वह तुम्हारे लड़के हैं। उनका चेहरा आप कह रहा है। क्या अब भी तुम सीता को घर न लाओगे? तुमने उसके साथ बड़ा अन्याय किया है। मैं उस देवी को आज पन्द्रह सालों से देख रहा हूँ। ऐसी पवित्र स्त्री संसार में कठिनाई से मिलेगी। तुम्हारे विरुद्ध कभी एक शब्द भी उसके मुँह से नहीं सुना। तुम्हारी चर्चा सदैव आदर और प्रेम से करती है। उसकी दशा देखकर मेरा कलेजा फटा जाता है। बहुत रुला चुके, अब उसे अपने घर लाओ। वह लक्ष्मी है।

रामचन्द्र बोले– मुनि जी, मुझे तो सीता पर किसी प्रकार का सन्देह कभी नहीं हुआ। मैं उनको अब भी पवित्र समझता हूँ। किन्तु अपनी प्रजा का क्या करूँ? उनकी जबान कैसे बन्द करूँ? रामचन्द्र की पत्नी को सन्देह से पवित्र होना चाहिए। यदि सीता मेरी प्रजा को अपने विषय में विश्वास दिला दें तो वह अब भी मेरी रानी बन सकती हैं। यह मेरे लिए अत्यन्त हर्ष की बात होगी।

वाल्मीकि ने तुरंत अपने दो चेलों को आदेश दिया कि जाकर सीता जी को साथ लाओ। रामचन्द्र ने उन्हें अपने पुष्पकविमान पर भेजा, जिससे वह शीघ्र लौट आयें। दोनों चेले दूसरे दिन सीता जी को लेकर आ पहुँचे। सारे नगर में यह समाचार फैल गया था कि सीता जी आ रही हैं। राजभवन के

सामने, यज्ञशाला के निकट लाखों आदमी एकत्रित थे। सीता जी के आने की खबर पाते ही रामचन्द्र भी भाइयों के साथ आ गये। एक क्षण में सीता जी भी आईं। वह बहुत दुबली हो गयी थीं, एक लाल साड़ी के अलावा उनके शरीर पर और कोई आभूषण न था। किन्तु उनके पीले मुरझाये हुए चेहरे से प्रकाश की किरणें-सी निकल रही थीं। वह सिर झुकाये हुए महर्षि वाल्मीकि के पीछे-पीछे इस समूह के बीच में खड़ी हो गयीं।

महर्षि एक कुश के आसान पर बैठ गये और बड़े दृढ़ भाव से बोले-देवी ! तेरे पति वह सामने बैठे हुए हैं। अयोध्या के लोग चारों ओर खड़े हैं। तू लज्जा और झिझक को छोड़कर अपने पवित्र और निर्मल होने का प्रमाण इन लोगों को दे और इनके मन से संदेह को दूर कर।

सीता का पीला चेहरा लाल हो गया। उन्होंने भीड़ को उड़ती हुई दृष्टि से देखा, फिर आकाश की ओर देखकर बोलीं-ईश्वर! इस समय मुझे निरपराध सिद्ध करना तुम्हारी ही दया का काम है। तुम्हीं आदमियों के हृदयों से इस संदेह को दूर कर सकते हो। मैं तुम्हीं से विनती करती हूँ! तुम सबके दिलों का हाल जानते हो। तुम अंतर्यामी हो। यदि मैंने सदैव प्रकट और गुप्त रूप में अपने पति की पूजा न की हो, यदि मैंने अपने पति के साथ अपने कर्तव्य को पूर्ण न किया हो, यदि मैं पवित्र और निष्कलंक न हूँ तो तुम इसी समय मुझे इस संसार से उठा लो। यही मेरी निर्मलता का प्रमाण होगा।

अंतिम शब्द मुँह से निकलते ही सीता भूमि पर गिर पड़ी। रामचन्द्र घबराये हुए उनके पास गये पर वहाँ अब क्या था? देवी की आत्मा ईश्वर के पास पहुँच चुकी थी। सीता जी निरंतर शोक में घुलते-घुलते यों ही मृतप्राय हो रही थीं, इतने बड़े जनसमूह के सम्मुख अपनी पवित्रता का प्रमाण देना इतना बड़ा दुःख था जो वह सहन न कर सकती थीं। चारों ओर कुहराम मच गया।

सब लोग फूट-फूटकर रोने लगे। सबकी जबान पर यही शब्द थे– 'यह सचमुच लक्ष्मी थी, फिर ऐसी स्त्री न पैदा होगी।' कौशल्या, कैकेयी, सुमित्रा छाती पीटने लगीं और रामचन्द्र तो मूर्च्छित होकर गिर पड़े। जब बड़ी कठिनता से उन्हें चेतना आयी तो रोते हुए बोले-मेरी लक्ष्मी, मेरी प्यारी सीता! जा, स्वर्ग की देवियाँ तेरे चरणों पर सिर झुकाने के लिए खड़ी हैं। यह संसार तेरे रहने के योग्य न था। मुझ जैसा बलहीन पुरुष तेरा पति बनने के योग्य न था। मुझ पर दया कर, मुझे क्षमा कर। मैं भी शीघ्र तेरे पास आता हूँ। मेरी यही ईश्वर से प्रार्थना है कि यदि मैंने कभी किसी पराई स्त्री का स्वप्न में भी ध्यान किया हो, यदि मैंने सदैव तुझे देवी की तरह हृदय में न पूजा हो, यदि मेरे हृदय में कभी तेरी ओर से सन्देह हुआ हो तो पतिव्रता स्त्रियों में तेरा नाम सबसे बढ़कर हो। आने वाली पीढ़ियाँ सदैव आदर से तेरे नाम की पूजा करें। भारत की देवियाँ सदैव तेरे यश के गीत गायें।

अश्वमेध यज्ञ कुशल से समाप्त हुआ। रामचन्द्र भारतवर्ष के सबसे बड़े महाराज मान लिये गये। दो योग्य, वीर और बुद्धिमान पुत्र भी उनके थे। सारे देश में कोई शत्रु न था। प्रजा उन पर जान देती थी। किसी बात की कमी न थी। किन्तु उस दिन से उनके होंठों पर हँसी नहीं आयी। शोकाकुल तो वह पहले भी रहा करते थे, अब जीवन उन्हें भार प्रतीत होने लगा। राज-काज में तनिक भी जी न लगता। बस यही जी चाहता कि किसी सुनसान जगह में जाकर ईश्वर को याद करें। शोक और खेद से बेचैन हृदय को ईश्वर के अतिरिक्त और कौन सान्त्वना दे सकता था !

लक्ष्मण की मृत्यु

किन्तु अभी रामचन्द्र की विपत्तियों का अन्त न हुआ था। उन पर एक बड़ी बिजली और गिरने वाली थी। एक दिन एक साधु उनसे मिलने आया और बोला-मैं आपसे अकेले में कुछ कहना चाहता हूँ। जब तक मैं बातें करता रहूँ, कोई दूसरा कमरे में न आने पाये। रामचन्द्र महात्माओं का बड़ा सम्मान करते थे। इस विचार से कि किसी साधारण द्वारपाल को द्वार पर बैठा दूँगा तो सम्भव है कि वह किसी बड़े धनी-मानी को अन्दर आने से रोक न सके, उन्होंने लक्ष्मण को द्वार पर बैठा दिया और चेतावनी दे दी कि सावधान रहना, कोई अंदर न आने पाये। यह कहकर रामचन्द्र उस साधु से कमरे में बातें करने लगे। संयोग से उसी समय दुर्वासा ऋषि आ पहुँचे और रामचन्द्र से मिलने की इच्छा प्रकट की। लक्ष्मण ने कहा– अभी तो महाराज एक महात्मा से बातें कर रहे हैं। आप तनिक ठहर जायें तो मैं मिला दूँगा। दुर्वासा अत्यन्त क्रोधी थे। क्रोध उनकी नाक पर रहता था। बोले-मुझे अवकाश नहीं है। मैं इसी समय रामचन्द्र से मिलूँगा। यदि तुम मुझे अंदर जाने से रोकोगे तो तुम्हें ऐसा शाप दे दूँगा कि तुम्हारे वंश का सत्यानाश हो जायेगा।

बेचारे लक्ष्मण बड़ी दुविधा में पड़े। यदि दुर्वासा को अंदर जाने देते हैं तो रामचन्द्र अप्रसन्न होते हैं, नहीं जाने देते तो भयानक शाप मिलता है। आखिर उन्हें रामचन्द्र की अप्रसन्नता ही अधिक सरल प्रतीत हुई। दुर्वासा को अंदर जाने की अनुमति दे दी। दुर्वासा अंदर पहुँचे। उन्हें देखते ही वह साधु बहुत बिगड़ा और रामचन्द्र को सख्त-सुस्त कहता चला गया। दुर्वासा भी आवश्यक बातें करके चले गये। किन्तु रामचन्द्र को लक्ष्मण का यह कार्य बहुत बुरा मालूम हुआ। बाहर आते ही लक्ष्मण से पूछा-जब मैंने तुमसे आग्रहपूर्वक कह दिया था तो तुमने दुर्वासा को क्यों अंदर जाने दिया? केवल इस भय से कि दुर्वासा तुम्हें शाप दे देते।

लक्ष्मण ने लज्जित होकर कहा– महाराज! मैं क्या करता। वह बड़ा भयानक शाप देने की धमकी दे रहे थे।

राम– तो तुमने एक साधु के शाप के सामने राजा की आज्ञा की चिंता नहीं की। सोचो, यह उचित था? मैं राजा पहले हूँ-भाई, पति, पुत्र या पति पीछे। तुमने अपने बड़े भाई की इच्छा के विरुद्ध काम नहीं किया है बल्कि तुमने अपने राजा की आज्ञा तोड़ी है। इस दण्ड से तुम किसी प्रकार नहीं बच सकते। यदि तुम्हारे स्थान पर कोई द्वारपाल होता तो तुम समझते हो मैं उसे क्या दण्ड देता? मैं उस पर जुर्माना करता। लेकिन तुम इतने समझदार, उत्तरदायित्व के ज्ञान से इतने पूर्ण हो इसलिए वह अपराध और भी बड़ा हो गया है और उसका दण्ड भी बड़ा होना चाहिए। मैं तुम्हें आज्ञा देता हूँ कि आज ही अयोध्या का राज्य छोड़कर निकल जाओ। न्याय सबके लिए एक है। वह पक्षपात नहीं जानता।

यह था रामचन्द्र की कर्तव्यपरायणता का उदाहरण! जिस निर्दयता से कर्तव्य के लिए प्राणों से प्रिय अपनी पत्नी को त्याग दिया, उसी निर्दयता से अपने प्राणों से प्यारे भाई को भी त्याग दिया। लक्ष्मण ने कोई आपत्ति नहीं की। आपत्ति के लिए स्थान ही न था। उसी समय बिना किसी से कुछ कहे सुने राजमहल के बाहर चले गये और सरयू के किनारे पहुँचकर जान दे दी।

अन्त

रामचन्द्र को लक्ष्मण के मरने का समाचार मिला तो मानो सिर पर पहाड़ टूट पड़ा। संसार में सीता जी के बाद उन्हें सबसे अधिक प्रेम लक्ष्मण से ही था। लक्ष्मण उनके दाहिने हाथ थे। कमर टूट गयी। कुछ दिन तक तो उन्होंने ज्यों-

त्यों करके राज्य किया। आखिर एक दिन साम्राज्य बेटों को देकर आप तीनों भाइयों के साथ जंगल में ईश्वर की उपासना करने चले गये।

यह है रामचन्द्र के जीवन की संक्षिप्त कहानी। उनके जीवन का अर्थ केवल एक शब्द है, और उसका नाम है 'कर्तव्य'। उन्होंने सदैव कर्तव्य को प्रधान समझा। जीवन भर कर्तव्य के रास्ते से जौ भर भी नहीं हटे। कर्तव्य के लिए चौदह वर्ष तक जंगलों में रहे, अपनी जान से प्यारी पत्नी को कर्तव्य पर बलिदान कर दिया और अन्त में अपने प्रियतम भाई लक्ष्मण से भी हाथ धोया। प्रेम, पक्षपात और शील को कभी कर्तव्य के मार्ग में नहीं आने दिया। यह उनकी कर्तव्यपरायणता का प्रसाद है कि सारा भारत देश उनका नाम रटता है और उनके अस्तित्व को पवित्र समझता है। इसी कर्तव्यपरायणता ने उन्हें आदमियों के समूह से उठाकर देवताओं के समकक्ष बैठा दिया। यहाँ तक कि आज निन्यानबे प्रतिशत हिन्दू उन्हें आराध्य और ईश्वर का अवतार समझते हैं।

लडकों ! तुम भी कर्तव्य को प्रधान समझो। कर्तव्य से कभी मुँह न मोड़ो। यह रास्ता बड़ा कठिन है। कर्तव्य पूरा करने में तुम्हें बड़ी-बड़ी कठिनाइयों का सामना करना पड़ेगा किन्तु कर्तव्य पूरा करने के बाद तुम्हें जो प्रसन्नता प्राप्त होगी, वह तुम्हारा पुरस्कार होगा।